소드마스터 힐러님

침략자 퓨전 판타지 장편소설

WISHBOOKS FUSION FANTASY BOOKS

소드마스터 힐러님 1

침락자 퓨전 판타지 장편소설

초판 1쇄 찍은 날 | 2019년 2월 1일
초판 1쇄 펴낸 날 | 2019년 2월 13일

지은이 | 침락자
펴낸이 | 예경원

기획 | 위시북스
편집책임 | 이규재
편집 | 위시북스

펴낸곳 | 예원북스
등록번호 | 제396-2012-000132호
등록일자 | 2012. 7. 25
KFN | 제1-366호

주소 | 경기도 고양시 일산동구 호수로 646-24 위너스21II빌딩 206A호 (우)10401
전화 | 031-819-9431 팩스 | 031-817-9432
E-mail | yewonbooks@naver.com

ISBN 979-11-6424-131-6 04810
      979-11-6424-130-9(set)

Wish Books

침략자 퓨전 판타지 장편소설

WISHBOOKS FUSION FANTASY BOOKS

소드마스터 힐러님

1

CONTENTS

프롤로그

가끔 꿈을 꿀 때가 있다.

꿈속에서는 나는 검을 들고 있다.

거대한 마룡을 상대로 한 치의 물러섬도 없이 맞선다.

"그럴 리가 없잖아……."

늘 꿈에서 깰 때면 성준은 고개를 젓는다. 예전에 꿈 이야기를 들은 친구가 예지몽일지 모른다고 했을 때도 고개를 저었다.

하지만…… 그날, 그곳에서.

그 '검'을 뽑은 순간!

그것은 더 이상 꿈이 아니게 되었다.

1장
전생에는 소드마스터

꿈에서 깬 성준은 샤워를 하고 집을 나섰다. 목적지는 서울 던전 관리국이다.

"어서 오세요, 헌터님. 사무원 이연주입니다. 무엇을 도와드릴까요?"

"매칭 결과를 확인하고 싶어서요."

던전 관리국에서 비슷한 실력의 헌터들을 연결시켜 주는 행위를 '매칭'이라고 한다.

연주의 얼굴에 귀찮다는 기색이 스쳐 지나갔다.

"헌터님, 죄송하지만 매칭이 완료되면 저희가 따로 연락을 드리고 있습니다."

"혹시나 싶어서…… 온 거예요."

"그럴 일은 없습니다. 연락이 가지 않았다면 매칭이 되지 않은 겁니다."

"한 번만 더 확인해 주면 안 되나요? 벌써 한 달째 기다리고 있어서요."

연주는 한숨을 내쉬었다. 당사자를 앞에 두고 실례되는 행동이었지만 성준은 익숙한 듯 씁쓸한 미소를 머금었다. 스스로도 억지라는 사실을 잘 알고 있다. 하지만 그럴 수밖에 없는 현실이 안타까웠다.

"알겠습니다. 성함과 등급을 말씀해 주시겠습니까?"

"강성준. C급 회복계입니다."

"아, 강성준 씨였군요? 그 회복계의 레전설?"

"하하, 네…… 맞아요."

연주의 물음에 성준은 어색한 웃음을 흘렸다. '레전설'은 회복계 헌터 최초로 C급이라는 낮은 등급으로 각성한 성준에게 붙은 별명이다.

"저 헌터가 레전설이래."

"왜 레전설이야?"

"힐량이 전설적으로 낮거든. 그래서 보통 회복계는 B급 이상인데 저 친구는 C급이래."

"그게 뭐야, 킥킥."

수군거리는 목소리가 크다. 성준은 불쾌한 감정을 미소로 감췄다. 회복계 헌터들은 자존감이 강한 경우가 대부분이지만 힐량이 낮은 성준에게는 해당되지 않는다.

흔치 않은 회복계라는 이점 덕분에 간신히 C급 판정을 받았지만 실제로는 D급보다 못한 약자였다. 놀림을 받는 일 따위는 익숙하다.

'언젠가는 반드시 성공한다……'

목적을 달성할 수만 있다면 다른 사람의 평가는 신경 쓸 생각이 없었다.

"확인해 보겠습니다. 잠시만 기다려 주세요."

목소리에 귀찮은 기색이 역력하다. 간절하게 직원을 바라보고 있던 성준은 한 번에 알아챘다. 그녀는 태블릿을 확인했고 이내 작은 한숨과 함께 고개를 저었다.

"매칭 안 잡혔네요. 조금 더 기다리셔야 할 것 같아요."

'이제, 그만 귀찮게 하고 가주세요'라는 표정이었다.

"또 올게요."

성준은 쓸쓸한 감정을 감춘 채 집으로 돌아왔다.

[잔액 : 45,200원]

한 달 전에 F급 던전을 공략하고 받은 50만 원이 바닥을 보이고 있었다. 생활비와 아버지의 병원비로 대부분을 사용하고

이 정도가 남았다.

갑자기 눈물이 핑 돌았다.

평소 성준의 던전 공략 성공률이 낮은 탓에 레이팅이 낮아서 던전 매칭이 잘 잡히지 않았다.

"슬슬 위험한데……."

성준이 힘없이 스마트폰을 놓은 순간이었다. 익숙한 벨소리에 그는 스마트폰을 다시 들어 올려 화면을 확인했다.

[던전 관리국.]

반가운 마음에 스마트폰을 귓가로 가져간다.

"여, 여보세요?"

-안녕하세요, 헌터님. 던전 관리국입니다. D급 던전에 매칭되었습니다. 인원은 헌터님을 포함해서 5명입니다. 진행하시겠어요?

'진행할게요'라는 말이 D급이라는 난이도에 턱! 하고 막혀왔다. 평범한 C급 파티라면 쉽게 공략할 수 있는 난이도지만 D급만도 못한 실력의 성준에겐 무서운 곳이었다.

두려움이 앞섰지만, 곧 통장 잔고를 떠올리고는 힘겹게 입을 열었다.

"갈게요."

그는 집결 시간보다 1시간 먼저 장소에 도착했다. '레전설'이라는 굴욕적인 별명과 회복계지만 낮은 힐량으로 사실상 E급 전투계보다 쓸모가 없었지만, 약자로 사는 법을 깨우친 덕분에 근근이 먹고살 수 있었다.

"성준 군이었나……? 먼저 와 있었구만."

대검으로 무장한 중년의 헌터가 다가왔다. 성준은 그가 누군지 알고 있다.

"아, 김상민 아저씨!"

김상민.

D급 전투계 헌터다. 몇 번 같이 던전을 공략한 적 있어서 그의 실력이 좋은 편이라는 것을 알고 있다.

'어렵지 않게 클리어할 수 있겠네.'

성준의 입가에 미소가 번졌다. 하지만 다음으로 나타난 헌터의 얼굴을 본 성준은 썩은 표정을 애써 숨겨야만 했다.

"뭐야? 레전설이 있었어?"

비꼬는 게 분명한 말투와 함께 등장한 남자는 조덕수라는 이름의 D급 전투계 헌터였다. 그의 옆에는 애인으로 보이는 헌터가 달라붙어서 아양을 떨고 있었다.

"오빠, 레전설이 뭐야?"

"우리 진아는 각성한 지 얼마 되지 않아서 잘 모르겠네? 간단하게 설명하자면 쓸모도 없으면서 분배금은 챙겨 받는 쓰레기를 말하는 거야."

"아하, 그렇구나!"

두 사람의 대화를 들은 상민은 눈살을 찌푸렸다.

"저 사람들이……."

하지만 나서지는 않았다. 상민에게 있어서 성준의 위치는 딱 그 정도다. 불쾌한 감정을 애써 숨기고 있는 성준에게 덕수가 몇 걸음 다가오며 입을 열었다.

"10만 원 줄 테니까, 그냥 가면 안 되냐?"

덕수의 말에 성준은 입술을 살짝 깨물었다. 익숙한 일이지만 아직도 이따금 가슴을 후벼 파는 말들이 있다.

지금처럼 말이다.

"덕수 군, 좀 지나쳤어."

"농담이었습니다, 하하!"

관망하고 있던 상민이 적당히 개입하자 덕수는 한 빌짝 물러섰다. 마지막으로 어수룩해 보이는 E급 헌터 한 명이 추가로 합류하자 그들은 던전 관리국 직원의 허가를 확인한 뒤 던전으로 진입했다.

"D급 던전이니 다들 긴장하게!"

상민이 대검을 뽑아 들었다. 던전은 대부분이 그렇듯 지하형이었다. 마지막으로 합류한 한기석이 마법 등을 들어 올리자 파티는 전진하기 시작했다.

"옵니다!"

기석이 다급하게 외치며 몇 걸음 물러나자 마물들이 어둠 속에서 붉은 눈을 번뜩이며 모습을 드러낸다.

　"고블린입니다!"

　기석이 외쳤다. 그리고 한 차례 전투가 벌어졌다. 진아의 버프를 받은 상민과 덕수가 앞에서 고블린들을 처리했다. 기석은 진아의 호위를 맡았고 성준은 후위에 섰다.

　"후우! 이것으로 끝인가?"

　상민이 대검에 묻은 피를 한 차례 털어내며 말했다.

　"보스방인 것 같네요."

　기석이 말했다.

　앞에는 거대한 석문이 있다. 몇 번의 전투를 거친 끝에 여기까지 올 수 있었다.

　"고블린만 잡아서 그런지 마정석의 질이 영 좋지 않아. 보스가 괜찮은 아이템 하나 드랍하면 좋겠는데……."

　덕수는 짧은 불평과 함께 성준에게 다가와 오른팔을 내밀었다. 고블린의 단검에 찔린 것인지 자상이 보인다.

　"치료해."

　"네, 잠시만요."

　명령하는 말투였지만 성준은 본심을 숨긴 채 치유를 시전했다. 백색의 빛이 상처에 깃들자 천천히 회복되기 시작했지만…….

　"뭐야, 회복 속도 엄청 느리네요. 제가 봤던 힐러님들이랑은 다르네?"

"진아야, 얘는 레전설이야. 최악의 힐량이라니깐."

"아, 맞다! 그랬지!"

두 사람은 뭐가 그렇게 즐거운지 소리 높여 웃었다.

덕수의 상처를 어느 정도 치료한 성준은 석문 앞으로 걸음을 옮겼다.

비석이 하나 있었다. 그는 비석에 적힌 이계어를 소리 내서 읽었다.

"전생의 신전……? 전생을 각성할 준비가 되어 있는 자여, 검을 뽑아라?"

그 모습에 상민이 두 눈을 반짝이며 다가왔다.

"자네, 이계어를 할 줄 알았던가?"

"조금이요."

"제법이군."

상민의 가벼운 칭찬에 성준은 쑥스러운 웃음을 흘린다.

"자아! 가자고!"

덕수가 모두를 재촉했다. 기관을 살짝 건드리자 석문이 열렸다. 상민과 함께 먼저 전진한 기석이 마법 등을 들어 올려 어둠을 물리쳤다. 그리고 후위의 성준까지 넓은 석실에 발을 들인 순간이었다.

쾅!

묵직한 소리와 함께 그들이 들어온 석문이 다시 닫혔다.

"오, 오빠?"

"괜찮아, 보스만 잡으면 다시 열릴 거야."

덕수는 진아를 다독였고 상민은 기석과 함께 석실 내부를 살폈다. 중앙 제단에는 검이 꽂혀 있었고, 좌우의 벽 쪽에는 철갑옷들이 보였다. 마법 등도 있었지만 작동하지 않았다.

"저거, 리빙 아머는 아니겠죠?"

"그 녀석들은 최소 B급 이상 던전에 나온다는 걸 잘 알지 않는가?"

성준의 물음에 상민이 답했다. 그럼에도 불구하고 성준은 근원을 알 수 없는 불안을 떨쳐내기 힘들었다.

"히든 던전은 아니겠죠? 하하!"

히든 던전은 던전 관리국에서도 쉽게 알아내기 힘들다. 특별한 보상을 제공하는 대신 공략 난이도가 몇 단계 상승한다. 대부분 레이팅에 맞춰 매칭을 잡고 던전을 공략하기 때문에 낮은 난이도로 위장한 히든 던전은 무서운 함정이다.

"이거 안 뽑히네요. 다들 뽑아보겠어요?"

기석의 권유에 다들 호기심 어린 눈동자를 빛내며 제단으로 발걸음을 옮겼다.

"함정이 없는 건 확인했어요. 만져도 됩니다."

안전하다는 것을 확인받자 너도나도 제단에 꽂힌 검을 뽑으려 시도했지만, 꿈쩍도 하지 않았다.

마지막으로 성준이 검을 뽑으려는 순간이었다.

석실이 격동하더니 벽에 설치된 마법 등이 일제히 켜졌다.

-SSS급 전생을 감지했습니다. 분류는 검성. 지금부터 각성을 위한 시험을 합니다.

그와 동시에 철갑옷들이 움직이기 시작했다.

"말도 안 돼! D급 던전에서 리빙 아머라고?"

기석은 경악했다.

"이, 이건 꿈이야! 꿈일 거라고!"

덕수는 리빙 아머의 등장에 공황 상태가 되었다. 혼란스러운 와중에 살고 싶다는 감정만이 선명했다.

리빙 아머는 B급 이상의 던전에서 등장하며 단기로 C급 헌터 하나 정도는 가볍게 찢어 버리는 강력한 마물이었다.

"이, 일단 다들 모여요! 흩어지면 죽습니다!"

"당신에겐 지휘권이…… 컥……?"

성준의 말에 태클을 걸려던 기석은 말을 끝맺지 못했다. 리빙 아머가 휘두른 철퇴에 머리가 박살 난 것이다.

그들은 움직임이 민첩하지는 않으나 위력은 절대적이었다.

"성준 군의 말이 맞네! 다들 뭉쳐야 해!"

"아니! 나는 살아야겠어!"

"오빠!"

덕수는 진아마저 버린 채 도주했다.

'살아야 한다! 반드시 살아 나가야 한다!'

그러나 도망칠 곳은 없었다. 그는 리빙 아머의 창에 관통당했다.

"커, 커흑!"

붉은 피를 한 움큼 뱉어내는 덕수에게 리빙 아마 서넛이 다가와 검과 창으로 그를 난자했다.

"끄아아아악!"

"오, 오빠!"

끔찍한 비명 속에서 덕수의 숨이 끊어졌다.

"일단 뭉치는 게 좋을 것 같군."

상민이 말했다. 그는 다가오는 리빙 아머들을 살피며 마른침 삼켰다.

다급한 상황이었지만 성준은 침착하게 생각을 정리했다. 그는 곧 비석에 적혀 있던 문구를 떠올렸다.

'전생을 각성할 준비가 되어 있는 자여, 검을 뽑아라.'

"검을 뽑으라고 했어……."

성준은 자신도 모르게 혼잣말을 내뱉었다.

다들 검을 뽑으려 시도했지만 성준은 아니다. 그는 아직 검을 뽑지 않았다.

'내가 검을 뽑는다!'

하지만 갑작스러운 난리 탓에 제단과 거리가 조금 멀어져 있었다. 반면에 리빙 아머는 가까웠다.

"하앗!"

상민이 휘두른 대검이 리빙 아머의 투구를 타격했다. 리빙 아머라는 마물은 움직임이 느린 편이기 때문에 공격을 맞추는 것 자체는 어렵지 않았다.

문제는 그들이 가지고 있는 방어력이었다. 예상대로 상민의 대검은 리빙 아머의 투구에 흠집조차 내지 못했다.

"제기랄!"

상민을 욕을 내뱉었고 성준은 호신용으로 가지고 다니는 단검을 뽑으며 입을 열었다.

"진아 씨! 버프를 부탁합니다!"

"네가 뭔데 나한테 명령이야? 다 꺼져, 꺼지란 말이야!"

성준의 눈빛이 싸늘하게 변했다. 진아는 죽음의 공포 앞에서 정신이 나가 버린 모양이었다. 그동안 덕수의 보호를 받으며 편하게 생활한 그녀에게 이런 상황은 익숙하지 않았다.

"다 꺼지란 말이야!"

진아의 날카로운 외침이 넓은 석실 안에 울려 퍼졌다. 그녀의 도움을 바랄 수 없었다. 성준은 홀로 제단을 향해 달리기 시작했다.

리빙 아머의 움직임이 느리다고는 하지만 다른 마물에 비해 그렇다는 소리다. 성준은 그들의 공격에 전신에 피로 물들었다.

"커헉!"

얼마 지나지 않아서 상민이 쓰러졌다. 성준도 전신이 너덜너덜해질 때까지 공격당한 끝에 간신히 제단에 도달했다.

그러는 사이 진아도 리빙 아머들에게 포위되었다.

"제발!"

성준이 피로 얼룩진 손을 뻗어 제단에 꽂힌 낡은 검을 잡았다. 그러자 지금까지 미동도 않던 검이 뽑혀 나왔다.

"으, 으아아아아아악!"

낡은 검에서부터 엄청난 양의 마력이 밀려들어 왔다. 과부하가 걸린 뇌가 비명을 내지르고 코에선 붉은 피가 쉬지 않고 흘러내렸다.

마력과 함께 침투하는 기억의 파편들. 그곳에는 낯선 남자가 거대한 마룡을 상대하고 있었다.

'이건……'

꿈에서 봤던 남자와 뒷모습이 비슷했다.

자신을 제외한 모든 것이 정지한 것 같은 묘한 시간의 흐름 속에서 성준은 밀려들어 오는 기억에 집중했다. 장면은 완전하지 않았고 배경은 여러 번 바뀌었다. 대적하는 상대도 계속 바

꿰었다. 그래도 변하지 않는 게 하나 있었다.

'모두 죽었어.'

수만의 군대를 쓸어버리고 위대한 검성들을 집어삼킨 거대한 마룡은 남자의 참격에 날개가 잘렸다. 고고한 뱀파이어 귀족조차 한 번의 검격을 받아내지 못하고 목이 날아갔다. 마침내 홀로 남은 남자가 고개를 돌려 뒤를 바라본다.

'진정한 네 모습을 찾아라.'

남자가 말했다.

그리고 멈췄던 시간이 다시 흐르자 잠들어 있던 전생이 각성했다.

"허억!"

성준의 몸이 백색의 광휘에 휩싸였다. 무겁게만 느껴졌던 검이 젓가락처럼 가벼웠고 전신에 차오르는 충만한 마력이 느껴졌다.

끼익.

갑작스러운 변화에 적응하지 못하고 있는 성준을 깨운 것은 리빙 아머가 움직일 때 나는 특유의 쇳소리였다. 어느새 근접한 리빙 아머가 성준에게 날카로운 할버드를 겨눴다.

"아, 안 돼……."

공포가 전신을 지배했다. 애원했지만 감정이 없는 리빙 아머가 멈출 리가 없다.

쐐액!

할버드가 공기를 가르며 목을 노린 순간이었다.

성준은 자신도 모르게 검을 들어 올렸다. 아니, 들어 올렸다고 생각한 순간, 그는 이미 검으로 할버드를 부드럽게 흘려내고 있었다.

단순한 우연일까?

정답은 '아니오.'

"확인했다."

성준은 자신도 모르게 혼잣말을 내뱉었다. 몸의 제어권을 상실한 느낌이었다.

그는 할버드를 강하게 쳐냈다. 움직임이 느린 리빙 아머는 곧바로 무기를 회수하지 못했다. 그 틈에 성준이 내찌른 검이 두꺼운 철갑옷을 꿰뚫고 들어가 핵을 파괴했다. 3초도 지나지 않은 짧은 시간에 리빙 아머 하나가 쓰러졌다.

'오러?'

성준은 경악했다. 오러가 아니면 두꺼운 철갑옷을 벨 수 없다. 그리고 오러는 전투계 헌터 중에서도 일부만 사용 가능한 희귀한 능력이다.

"변했어……."

모든 것이 변했다. 심지어 목소리조차 차가워진 것 같다.

'보, 보이지 않았어…….'

E급에 전투계도 아닌 진아의 눈으로는 잔상조차 쫓을 수 없

었다.

'전투계도 아닌 회복계 C급 헌터가 리빙 아머를 조각냈다고? 믿을 수 없어!'

리빙 아머는 B급 이상의 던전에서 출몰하는 수준 높은 마물이다. 하지만 지금은 그게 중요한 게 아니다.

'나 살 수 있는 거야?'

살 수 있는 희망이 생겼다는 것이다. 안도감에 눈물이 앞을 가린다. 그녀는 성준이 있는 방향을 보며 입을 열었다.

"사, 살려주세요!"

성준의 시선이 진아에게 향했다. 당연히 그가 살려줄 것이라고 생각한 그녀의 입가에 미소가 번진다. 성준은 약자이기 때문에 송곳니를 숨기고 살았지만 죽어가는 사람을 외면할 정도는 아니었다.

"제, 제기랄!"

성준은 진아의 존재를 잊고 있었다. 서둘러 움직이려고 했지만, 상처가 아파서 쉽지 않았다. 그러는 동안 다가온 리빙 아머들이 무기를 들어 올렸다.

"사, 살려주세요……."

진아는 굵은 눈물을 흘리며 손이 보이지 않을 정도로 싹싹 빌었다. 하지만 애원은 닿지 않았다.

상대는 자비가 없는 마물.

"꺄아아악!"

찢어지는 듯한 날카로운 비명을 무시한 채, 리빙 아머들은 창칼로 그녀의 전신을 걸레짝처럼 난자해놓았다.

"아, 아파! 아파아! 사, 살려주…… 세…… 어흑……."

끔찍한 고통 속에서 그녀의 숨이 끊어졌다. 그러나 리빙 아머들은 멈추지 않았다. 더 이상 시체에 찌를 곳조차 남지 않자 리빙 아머들은 다시 성준을 포위했다.

'한 번 더 할 수 있을까……'

다가오는 리빙 아머들을 보며 성준은 마른침을 삼켰다. 방금 전은 우연이라도 믿을 정도로 순식간에 일이 벌어졌다.

자신조차 그 흐름을 읽지 못했다. 본능에 가까웠다.

'죽기 아니면 살기다!'

어차피 이대로 가만히 있으면 죽는다. 그렇다면 저항이라도 해보자.

성준은 가장 가까운 리빙 아머를 향해 몸을 던졌다.

리빙 아머가 검을 내찌르자 성준은 자연스러운 움직임으로 회피하여 배후를 장악했다. 그리고 검을 휘두르는 순간, 미약한 오러가 깃들었고 철갑옷으로 이루어진 리빙 아머가 반 토막 났다.

"하앗!"

기합을 내뱉으며 몸에 힘을 준 순간 저절로 움직여졌다. 쇄도하는 리빙 아머의 검이 슬로우 효과라도 받은 것처럼 느리게 보였다. 하지만 성준이 휘두르는 검은 스스로의 눈으로도 쫓기 힘들 정도로 쾌검이다.

"허억, 헉."

정신을 차렸을 땐 리빙 아머였던 갑옷 조각들만 돌바닥에 나뒹굴고 있었다.

-공략 확인, 계측 완료. A급 던전을 클리어하셨습니다.

주머니에 넣어두었던 계측기가 던전 공략이 끝났음을 알려주었다. 헌터들의 계측기는 여러 기능이 있는데, 대표적인 게 아이템, 마정석의 등급 확인과 던전 클리어 시 생기는 마력 변화를 감지하여 최종 등급을 확인하는 것이다.

"역시 히든 던전이었나⋯⋯?"

계측기가 틀릴 리는 없다. 던전 관리국의 조사 결과보다 등급이 높으니 히든 던전이 확실하다.

계측기가 클리어를 선언한 이상, 위험은 없다. 성준은 안도하며 검을 집어넣었다. 그리고 걸음을 옮긴 순간이었다.

전신에서 통증이 느껴졌다. 완벽하지 않은 상태에서 고난이도 검술을 펼친 탓에 몸에 무리가 온 것이다.

"크윽!"

성준은 신음을 내뱉으며 쓰러졌다. 근육이 찢어지는 듯한 고통은 쉽게 멈추지 않았다. 고통을 참지 못해 차가운 돌바닥 위를 나뒹굴고 있을 때였다.

"크, 큭!"

육체적인 고통뿐만 아니라 극심한 두통과 함께 수많은 기억의 조각이 머릿속에서 어지럽게 흩어졌다. 고통스러워하던 그는 하나의 사실을 떠올렸다.

'나 힐러였지?'

힐량이 많이 낮긴 하지만 일단은 회복계 헌터다.

"히, 힐!"

백색의 빛이 전신을 휘감았다. 고통은 빠르게 가라앉았고 몇 분쯤 지나자 움직일 수 있게 되었다.

"내 힐로 벌써 회복되었다고? 상처가 깊지 않았나?"

근육이 찢어지는 듯한 통증에 전신이 피투성이. 분명 치명상이라고 생각했지만 아닌가 보다. 너무나 피곤했기 때문에 그렇게 생각하고 쉬고 싶었다.

'쉬고 싶다.'

정신적인 피로는 그대로였고 쉬고 싶다는 생각만 들었다. 서둘러 발걸음을 재촉하다가 누군가의 시체 앞에서 멈춰 서게 되었다.

"상민 아저씨……."

상민의 시체였다. 그는 죽음을 맞이했음에도 불구하고 두 눈을 편히 감지 못했다. 성준은 말없이 그의 눈을 감겨주었다.

그리고 가방에서 흰 천을 꺼내 덮어주었다.

모두가 성준을 외면했을 때 유일하게 도와줬던 헌터다. 그래서 성준은 최소한의 예우를 갖췄다.

"다른 시체는 던전 관리국에서 수습해 주겠지……."

다른 사람들은 친밀한 관계도 아니었다. 군이 고생해서 시체를 수습해 줄 필요를 느끼지 못했다. 어느새 석문은 열려 있었다. 그곳으로 나가려는 순간이었다. 반짝이는 무언가가 성준의 눈에 들어왔다.

'마정석? 리빙 아머가 남긴 건가……?'

마정석은 비싼 값에 매각할 수 있다. 주로 던전 관리국에서 매입하며 헌터들의 주요 수입원이 된다.

'아까운 마정석을 버릴 수는 없지.'

잠시 망설였지만 성준은 곧 흩어져 있는 마정석을 챙겼다.

"죽은 자는 말이 없는 법."

던전을 공략하면서 파티가 모은 마정석도 챙겼다. 덕수가 보관하고 있었기 때문인지 마정석을 챙기는 움직임에 거리낌은 없었다.

'어차피 내 거잖아?'

죽은 자에겐 배분받을 권한이 없다.

성준은 가방 가득 마정석을 채운 뒤에야 던전을 떠났다. 밖에서는 던전 관리국 직원이 대기하고 있었다.

"다른 분들은요?"

직원이 물음에 성준은 대답 대신 고개를 저었다.

"생존자는 한 명인가⋯⋯."

직원은 혼잣말을 내뱉으며 차트에 뭔가를 기록했다. 평소에는 들리지 않을 정도의 작은 목소리였는데 귓가에 대고 말한 것처럼 선명했다. 성준의 놀란 표정에 직원은 혀를 차며 고개를 저었다.

"많이 놀란 모양이지만 조사는 받아야 합니다."

직원의 말에 성준은 고개를 끄덕였다. 던전 내부에서 '살인'이 의심되는 경우에 던전 관리국에선 조사를 진행한다.

"조사 결과가 나오는 대로 진술서를 진술서 작성을 위해 출석하셔야 합니다. 따로 연락드리겠습니다."

"감사합니다."

성준은 대충 대답한 뒤 집으로 돌아갔다. 정신적인 피로가 엄청난 탓에 집에 돌아오기 무섭게 잠에 빠져들었다. 그리고 다음 날 늦은 오후가 되어서야 쉬지 않고 울리는 벨소리를 듣고서 간신히 깨어났다.

단순히 잠을 잤을 뿐인데 온몸에 힘이 넘쳤다. 놀라는 것도 잠시, 계속해서 울리는 벨소리에 스마트폰을 확인했다.

[던전 관리국.]

성준은 전화를 받았다. 조사 결과가 나왔으니 출석해서 진술서를 작성해 달라고 전화를 한 것이었다.

'그러고 보니 마정석 매각도 깜빡했네.'

마정석도 매각해야 하기에 성준은 서둘러 던전 관리국을 방문해 진술서를 작성했다.

"그러니까, 리빙 아머가 스스로 작동을 멈췄다는 겁니까?"

조사원의 물음에 성준은 고개를 끄덕였다.

"일정 시간 기동하는 제한 리빙 아머였던 모양이군요."

던전에서는 특수한 경우가 많이 발생하기 때문에 조사원은 고개를 끄덕이며 납득했다. 예상하지 못했던 리빙 아머들의 공격으로 성준을 제외한 파티원이 모두 전멸한 것으로 결론이 났다.

조사에서 해방된 그는 곧바로 마정석을 매각할 수 있는 정산 센터로 향했다. 그리고 담당 직원 앞에 가방 가득 담겨 있던 마정석을 쏟아냈다.

"정산이 끝났습니다. 1,100만 원입니다."

다른 파티원들이 모두 죽었기 때문에 1,100만 원은 고스란히 성준의 차지가 되었다. 담당 직원은 현장에서 성준이 등록해 둔 계좌로 정산금을 이체해 주었다.

스마트폰으로 잔액을 확인한 성준의 눈동자가 슬며시 떨려 왔다. 눈물이 고였다.

이 돈이면 당분간 아버지가 마음 놓고 치료를 받을 수 있다.

정산 센터를 나온 성준은 생활비로 사용할 100만 원 정도를 남겨두고 모두 아버지의 계좌로 이체했다.

입금하기 무섭게 휴대폰이 울렸다.

[아버지.]

"아버지, 몸은 괜찮으세요?"

성준의 물음에 스마트폰 너머로 힘없는 웃음소리가 들려왔다.

-아들 덕분에 멀쩡해.

성준은 슬픔으로 차오르는 눈물을 삼켰다. 의사랑 자주 면담을 했다. 그래서 아버지의 몸 상태가 얼마나 나쁜지 알고 있었다.

-그나저나 돈을 보냈더구나……. 꽤 큰돈인데 괜찮은 거니……?

"네, 던전에서 득템을 했어요."

-네가 쓸 돈까지 전부 보낸 건 아니지?

"걱정 마세요. 또 벌면 됩니다."

-그래, 더는 묻지 않으마. 하지만 무리하지는 말거라.

"걱정 마세요, 아버지."

암에 걸려 죽어가는 중에도 자식 걱정이 먼저다. 성준은 울컥하는 감정을 다스리며 물기 어린 목소리로 대답했다.

통화가 끝났을 땐 이미 원룸에 도착한 뒤였다.

"이상하게 힘이 넘치네……."

평소보다 조금 더 잤을 뿐인데 몸에서 힘이 넘쳤다.

"바위도 들 수 있을 것 같은데?"

시험 삼아 뒷산에 올라갔다. 설마 하는 심정으로 소형 냉장고만 한 크기의 바위로 다가갔다.

"뭐, 뭐야."

당황스러울 정도로 가벼웠다. 놀란 나머지 성준은 바위를 놓치고 말았다.

쿵!

땅과 충돌하면서 굉음을 자아내는 것으로 보아 바위의 무게가 '실종'된 기이한 상황은 아닌 듯했다.

"맙소사."

다른 바위들도 마찬가지였다. 예전에는 들지 못했던 것들을 들 수 있게 되었다. '전생의 신전'이라는 이름의 던전, 그곳을 기점으로 뭔가가 변한 것 같다.

하지만 정확히 무엇이 변했는지 알 수 없다. 그래서 성준은 간단한 테스트를 하기로 했다.

늦은 밤이 되어서야 테스트가 끝났다. 성준은 결과를 컴퓨터 메모장에 기록했다. 과거에는 축구공만 한 돌도 쉽게 들지 못했지만 이젠 소형 냉장고 크기의 바위도 쉽게 들어 올렸다.

그뿐만이 아니었다. 100m 전력 질주의 기록도 2배가량 좋아졌으며 밤 10시까지 쉬지 않고 뒷산을 뛰어다녀도 지치지 않았다.

'신체가 활성화되었다?'

마력을 자주 사용하면 신체가 점차 활성화된다. 그로 인한 육체 능력 상승은 흔한 일이지만 그 상승 폭이 너무나 엄청난 탓에 성준은 놀랄 수밖에 없었다.

'이거라면 던전 솔플도 가능해!'

던전 솔플이 문제가 아니다. 이젠 비굴의 가면을 쓰고 다닐 필요가 없다. 힘이 생겼으니 숨겨두었던 송곳니를 어느 정도 드러내도 될 것이다.

"이제 아무도 날 무시할 수 없다."

서둘러 집으로 돌아온 그는 침상에 몸을 던졌다. 다음 날 눈을 뜬 그의 시야에 가장 먼저 들어온 것은 낡은 검이었다.

'내가 이걸 가지고 왔었나……?'

낯선 기억이 연이어 침범한 탓에 경황이 없었다. 성준은 구석에 아무렇게나 놓아둔 검을 집어 들어 살폈다.

'로엘'이라는 단어가 이계어로 새겨져 있었다. 그것을 제외하면 특별한 점은 찾아볼 수 없었다.

'일단은 가지고 가보자.'

매칭 신청을 위해 던전 관리국에 갈 생각이었다. 갑작스럽게 얻은 알 수 없는 힘은 로엘과 연관이 있는 게 분명하다.

로엘을 허리에 찬 다음 던전 관리국을 방문했다.

"어이, 레전설."

굴욕적인 별명을 내뱉으며 누군가 다가왔다. 고개를 돌려 보니 익숙한 얼굴이다.

"강호영 씨?"

"그래, 나다. 우리 할 이야기가 있을 것 같은데……?"

C급 전투계 헌터인 호영은 덕수와 친한 사이다. 그의 죽음의 의문을 품고 성준을 찾아온 것이다.

"나는 할 이야기가 없는데?"

성준은 감춰뒀던 이빨을 날카롭게 드러냈다. 예전이었다면 약자의 가면을 썼겠지만, 지금은 아니다.

"어쭈, 주제에 혼자 살아남았다고 겁을 상실한 거냐?"

호영은 성준의 뺨을 툭툭 쳤다. 아프지는 않지만 정말 기분 나빴다. 호영은 헌터닷컴에서도 양아치로 유명했다.

그는 약자의 자존심을 긁고 짓밟는 방법에 대해 잘 알고 있었다. 하지만 오늘은 상대를 잘못 골랐다.

"그만해라."

한마디지만 의미가 분명했다. 그동안 쓰고 있던 비굴함의 가면을 벗고 숨겨두었던 송곳니를 드러낸 것이다.

"그만하라고 했냐? 혼자 살아오더니 우리 레전설이 드디어 미쳤나 봐?"

호영은 어이가 없었다. 언제나 비굴한 모습을 보였던 성준이었다. 이렇게 받아칠 줄은 몰랐다.

'무, 무슨 놈의 눈빛이……'

고요하고 차가운 얼음 같은 눈동자 너머로 세찬 폭풍이 엿보였다. 이건 살기다.

'회, 회복계 헌터 따위가?'

호영은 마른침을 삼켰다. 당황했지만 여기서 물러선다면 레전설한테 겁먹은 쫄보가 된다. 어느새 몰려든 구경꾼이 많았다. 호영은 강하게 나가기로 했다.

"눈 안 깔아?"

짜악!

순식간에 벌어진 일이었다. 성준의 고개가 돌아갔다. 호영에게 뺨을 맞은 것이다.

'신체의 통제가 완벽하지 않다. 참고해야겠군.'

성준은 가벼운 미소를 흘렸다. 호영의 움직임은 완벽하게 간파했지만 리빙 아머와 싸웠을 때처럼 반응하지 못했다.

'아직 모르는 게 많아.'

성준은 화끈거리는 뺨을 쓰다듬으며 호영을 노려보았다. 맞았지만 감정의 변화는 거의 없다. 이제 갚아줄 것이란 다짐 때문일까? 놀랍도록 침착했다.

"이 새끼가? 눈 안 깔아?"

"두 번은 안 통한다."

호영이 다시 뺨을 때리기 위해 손을 들어 올린 순간, 성준이 서늘한 시선을 흩뿌리며 그의 팔목을 잡아챘다.

"사과해."

성준은 눈동자에서 살기가 흘렀다. 호영은 등골이 서늘해지는 것을 느꼈다. 보이지 않는 칼날이 목에 닿은 듯했다.

"뭐야?"

"저거 레전설 아니야?"

레전설이라고 불리는 성준은 저주받은 힐량으로 헌터닷컴이나 이 지역에서는 모르는 사람이 없을 정도로 유명했다.

"설마 레전설한테 겁먹은 거야?"

"전투계 헌터인 것 같은데…… 겁쟁이네."

"헌터닷컴에 찍어 올리자."

뒤에서 들려오는 수군거림에 호영은 이를 악물고 섬뜩한 살기를 외면했다. 그는 '고작 레전설 따위가 이런 살기를 흘릴 리 없어. 내가 피곤해서 착각한 거야'라고 생각하며 입꼬리를 올려 비웃음을 흘렸다.

"싫다면?"

비아냥거리는 목소리로 말했다. 그 순간 성준은 손아귀에 힘을 주었다.

우드득.

소름 끼치는 소리와 함께 손목이 부러졌다. 단순히 손에 힘을 주는 것만으로 손목뼈를 부러뜨린 것이다.

"끄아아악!"

호영이 발버둥 쳤지만 성준은 놓아주지 않았다. 절대로 놓아줄 생각이 없었다.

"노, 놓으라고! 이 새끼야! 끄으윽!"

"사과하면."

"개, 개소리 집어……"

"뼈를 박살 내달라고?"

더한 고통이 찾아왔다.

"끄아아아악!"

손목뼈는 부러지다 못해 조각났고 호영은 고통을 견디지 못하고 오줌을 지렸다.

주르륵.

바지가 물들고 바닥에 오줌이 고였다. 그 모습을 본 구경꾼들이 한 걸음 물러났다.

"미, 미안해! 내가 잘못했어, 제발!"

성준은 사과를 받은 뒤에야 손을 놓았다. 호영은 덜렁이는 왼팔을 붙잡은 채 뒤로 물러났다.

-129번 헌터님.

기계음이 성준의 대기 번호를 불렀다.

"앞으로 조심해라."

성준은 호영에게서 몸을 돌리며 말했다.

"저 남자 누군데 레전설한테 오줌까지 지리면서 털리는 거야?"

"헌터닷컴에 조회해 보니까 C급 헌터인 강호영이네."

"센 척하더니 레전설한테 저런 꼴이나 당하는 거야?"

"그동안 양아치 짓 하더니 꼴좋다."

"헌터닷컴에 올려야겠다."

구경꾼들은 호영을 비웃었다. 작은 목소리도 아니라서 호영의 귓가로 고스란히 파고들었다. 그는 피가 흐를 정도로 입술을 세게 깨물었다.

'이대로라면 내 헌터 인생은 끝이다!'

호영은 그렇게 생각했다. 회복계 헌터인 레전설에게 당했다는 소문이 퍼지면 그가 꿈꾸는 정규 공략팀 취직은 물론이고 헌터 인생 자체가 끝날 것이다.

'이건 우연이다. 뒤에서 공격하면 팔 하나 정도는 자를 수 있어! 히히, 그래 팔 하나만 자르자.'

호영은 위험한 생각과 함께 선을 넘었다. 온전한 오른손으로 검을 뽑아 성준을 향해 휘두른 것이다. 왼팔이 박살 났지만 C급 헌터답게 움직임이 날렵했다.

"어……?"

당황한 목소리, 그것은 호영의 것이다.

"피, 피했어……?"

혼신의 일격을 성준이 피했다.

"보, 보안관을 부를게요!"

구경꾼 틈에 끼어 있던 사무원이 상황의 심각성을 뒤늦게 깨닫고 무전기를 들어 올렸다. 그녀를 보며 성준이 차분한 표정으로 입을 열었다.

"그럴 필요 없다."

이윽고 그의 시선이 호영에게 향했다. 그 차가운 눈동자를 마주한 호영은 등골이 서늘해지는 것을 느꼈다. 지금까지와는 비교도 되지 않는 섬뜩한 살기가 전신을 옥죄었다.

"지금부터 정당방위잖아."

허리에 찬 낡은 검, 로엘이 검신을 드러냈다.

2장
우리 힐러님이 달라졌어요

검을 뽑으니 분위기가 변했다. 호영만 느꼈던 살기가 은은하게 퍼져 주변을 장악했다. 날카로운 얼음 조각이 전신을 찌르는 것 같았다. 구경꾼들은 몇 걸음 뒤로 물러나며 마른침을 삼켰다.

"강호영이 칼을 뽑아서 휘두른 순간 정당방위가 인정되었다. 이제 레전설이 강호영을 죽여도 상관없겠군. 헌터들 간의 정당방위는 냉혹하니까."

구경꾼 무리에서 누군가 호영의 상황을 설명했다. 그 말을 들은 구경꾼들은 저마다 상반된 반응을 보였다.

"뭐야, 레전설이 이렇게 무서운 놈이었나?"

"공기가 차가워······."

"이건 살기다. 레전설이 발톱을 숨기고 있었을 줄이야."

일부는 달라진 성준의 분위기에 경악했고.

"강호영 녀석, 죽겠군."

"그래, 살기만 보면 A급 전투계도 한 수 접어줄 정도다."

"레전설이 실력을 숨기고 있었군."

"간만에 쓸 만한 녀석이 나왔나……?"

일부는 달라진 성준을 주목했다.

"그래, 덤벼! 이 망할 놈아!"

호영이 외쳤다.

언뜻 호기 있어 보이지만 사실은 두려움을 떨치기 위한 자기최면이었다. 반면에 성준은 고요했다. 검을 들고 자세를 취할 뿐이었다.

기억의 물결에서 보았던, 그 남자가 취했던 자세다.

"실전에 특화된 자세인 것 같군."

"그래. 공격과 방어, 모든 경우에 적합해 보여."

구경꾼 사이에 섞여 있던 수준 높은 전투계 헌터들이 평가를 내렸다.

"기대되는군……."

누군가 싸늘한 웃음을 흘린 순간이었다.

"주, 죽어라!"

호영이 먼저 움직였다. 성준은 그가 휘두른 검을 가볍게 쳐냈다. 호영이 재차 공격을 시도하려는 순간, 성준은 이미 그곳에 없었다.

"아, 안 돼……."

배후에서 느껴지는 섬뜩한 살기에 호영은 절망했다. 눈앞에 죽음이 보였다.

"컥!"

호영은 아찔한 고통과 붉은 피, 한 움큼 토해냈다.

"이 정도면 충분하겠지. 사과는 필요 없다. 용서해 주마."

성준은 호영의 몸에서 로엘을 뽑으며 차갑게 내뱉었다. 이 정도면 '본보기'로 충분하다고 생각했다.

"시, 심장을 찔러놓고…… 쿨럭……!"

"날 죽일 생각 아니었나? 그래서 나도 심장을 찔렀다. 문제라도 있나?"

호영은 죽음을 앞두고 몸부림쳤지만, 출혈은 더욱 심해질 뿐이었다. 몸에서 힘이 빠지고 시야가 검게 물들었다.

"사, 살려……."

구경꾼들을 향해 도움을 요청했다. S급 회복계 헌터라면 망가진 심장을 고칠 수 있을지도 모른다. 하지만 아무도 그를 도와주지 않았다.

"누가 도와줘야 하는 거 아니야?"

"그럴 필요 없을 것 같습니다."

"양아치 새끼, 꼴좋다!"

들려오는 냉정한 반응에 호영은 절망했다. 차오르는 절망 속에서 호영의 숨이 멎었다. 성준은 로엘에 묻은 피를 한 차례 털어낸 뒤 검집에 집어넣었다.

그리고 걸음을 옮긴 순간.

'큭, 통증이……'

전생의 신전에서 느꼈던 극심한 고통은 아니었지만 온몸이 미약한 통증을 호소했다.

'몸에 무리가 갈수록 통증이 심해지는 모양이네.'

두 번의 고통을 맞이하면서 깨달았다. 지금 성준의 몸으로 는 기억 속의 검술을 완벽하게 펼치는 건 무리다.

'빨리 신체를 활성화시켜야겠어.'

헌터들의 힘의 원천인 마력을 많이 사용할수록 신체가 활성 화된다. 생각을 정리하는 동안 새로운 기척이 가까워졌다.

"괜찮으십니까?"

뒤늦게 도착한 보안관들이 상황을 살폈다. 성준은 대답 대 신 고개를 끄덕였다.

"잠시 동행해 주셔야겠습니다. '정당방위'가 발생한 게 사실 이라면 간단한 진술서만 작성해 주시면 끝납니다."

"최대한 빨리 끝내주셨으면 좋겠네요."

"조사가 끝나면 1순위 대기 순번을 부여해 드리겠습니다."

보안관은 저자세를 취했다. 사건 현장으로 합류하면서 전달

받은 내용이 사실이라면 눈앞의 남자는 C급 전투계 헌터를 일격에 죽였다.

C급 헌터가 가진 힘은 결코 가볍지 않다. 성준은 힐량이 저주스러울 정도로 낮아서 무시당한 특이한 경우였다.

"이쪽입니다."

성준은 보안관의 안내를 받아 조사실로 이동했다. 조사관이 로비에 설치된 CCTV 화면을 확인하고 있었다.

성준이 들어가자 조사관이 급히 의자에서 일어났다.

"반갑습니다. 던전 관리국 조사관 이기태라고 합니다."

공손한 기태의 모습에 성준은 속으로 미소를 지었다. 보안관도 그렇고, 조사관조차 공손한 모습을 보였다. 그동안 '레전설'이라고 불리며 직원들한테 무시당할 때와는 달랐다.

'힘이 생겼다고 대우가 달라지는군.'

성준은 입가가 텁텁하고 쓴맛이 느껴지는 것 같았다.

"앉으세요."

"감사합니다."

기태는 긴장한 목소리로 앉을 것을 권했다. 성준도 공손한 태도로 대답하며 의자에 앉았다. 상대방이 예의를 갖췄으니 성준도 그에 맞춰주는 것이다.

'나도 다 때려 부수는 사이코는 아니니까 말이지.'

조금 전에는 칼을 겨누는 적에게 단호하고 냉정하게 대처했을 뿐이다.

"정당방위가 발생한 걸 CCTV로 확인했습니다. 당시 상황을 간단하게 진술만 해주시면 됩니다."

기태의 말대로 조사는 금방 끝났다.

"끝났습니다. '정당방위'가 확실합니다."

"빨리 끝내줘서 고마워요."

"하하, 대기표를 뽑고 기다릴 필요 없이 창구까지 제가 모시 겠습니다."

성준은 부드러운 미소를 지었다. 던전 관리국은 실력 있는 헌터를 인정하고 철저하게 예우를 갖춘다. 지금 기태의 태도 로 보아 '실력 있는 헌터'로 인정받은 모양이다.

"안녕하세요, 헌터님. 무엇을 도와드릴까요?"

방금 전 로비에서 칼부림이 있었음에도 사무원은 밝은 미소 와 함께 성준을 맞이했다. 각성으로 인해 헌터들의 세상이 찾 아오면서 거리에서 PK가 발생하는 건 흔하지는 않지만, 가끔 은 볼 수 있는 일이 되었다. 그래서 던전 관리국의 직원들도 이 런 상황에 어느 정도 익숙했다.

'각성은 무작위로 찾아오니까.'

인간쓰레기들의 각성도 적지 않았고 범죄와 이어지는 경우도 많았다. 성준은 쓴웃음을 감추며 입을 열었다.

　"던전 매칭……."

　던전 매칭을 신청하려던 성준은 멈칫했다.

　굳이 매칭을 할 필요가 있을까? 낮은 등급의 던전이라면 솔플을 할 수 있지 않을까? 솔플은 위험하지만, 시간도 절약되며 마정석을 독점할 수 있어서 매력적인 방법이다.

　생각의 정리를 끝낸 성준은 다시 입을 열었다.

　"D급 이하 던전의 솔플을 신청하려고 합니다."

　"솔플 말씀이십니까?"

　'솔플'이라는 단어에 사무원의 표정이 변했다. 놀랐다는 기색이 역력했다. 성준은 고개를 끄덕이는 것으로 긍정했다.

　"저도 C급 헌터니 자격이 되는 것으로 알고 있습니다."

　사무원은 로비에 한쪽에 흥건한 핏자국을 보며 '헌터님은 회복계잖아요' 하고 올라오는 말을 삼켰다.

　"솔플이 레이팅을 올리는 데 도움이 되지만 위험도 때문에 던전 관리국에서는 헌터님들에게 권하지 않고 있습니다. 정말로 괜찮으시겠습니까?"

　"걱정하지 마세요. 아무 일도 없을 겁니다."

　성준은 미소와 함께 대답했다.

　"던전 목록을 가져오겠습니다. 잠시만 기다려 주세요."

이윽고 사무원이 던전 목록을 가져와 보여주었다. 가장 무난해 보이는 건 일주일 전에 생성된 E급 던전이었지만 성준은 D급 던전을 선택했다.

"D, D급 던전을 선택하신 게 맞으시죠?"

사무원은 자신의 눈을 의심했다.

D급 이상의 던전은 난이도가 많이 상승한다. D급 던전만 해도 3명 이상의 동급 헌터로 파티를 구성하는 것을 추천하고 있다. 그런데 회복계 헌터가 솔플을 신청했다? 방금 칼부림을 목격했음에도 불구하고 사무원은 성준이 자살하러 가는가 하고 의심할 수밖에 없었다.

"네. 공략 일정을 최대한 빨리 잡아주셨으면 합니다."

솔플은 레이팅이 낮아도 비교적 쉽게 일정을 잡을 수 있지만 혼자 공략해야 해서 위험했다.

솔플이라고 해도 던전 관리국의 직원이 파견되어야 하기 때문에 일정을 잡아야만 했다. 사무원은 고개를 끄덕인 뒤 성준과 함께 일정을 조율했다. 다음 날 오전 9시에 공략을 시작하는 것으로 이야기를 끝낼 수 있었다.

집으로 돌아온 성준은 헌터닷컴을 켰다.

오늘 던전 관리국의 로비에서 벌어진 일로 시끄러웠다. 하지만 성준을 욕하는 헌터들은 없었고 겁 없이 던전 관리국에서 검을 휘두른 호영을 욕하는 글이 많았다.

그것을 보며 성준은 오늘 있었던 일을 되짚었다. 평소보다 흥분되었던 자신의 반응이 잘 이해가 되지 않았다.

'설마 전생 각성의 영향인가……?'

아무래도 의심을 지울 수가 없었다.

'앞으로 조심해야겠어.'

성준은 미소를 지으며 침상에 누웠다. 아침 9시에 솔플 일정이 잡혀 있으니 휴식을 취할 필요가 있다.

그리고 그가 잠든 순간, 꿈속에 그 남자가 나타났다.

넓은 홀.

남자는 혼자가 아니었다.

철갑옷을 입은 3명의 기사와 함께였다. 그들은 남자를 향해 걱정스러운 시선을 보내고 있었다.

성준은 침착하게 상황을 살폈다.

'이게 전생의 기억이라면 분명 도움이 될 거야.'

철갑옷을 입은 기사 중 한 명이 남자에게 한 걸음 다가가며 입을 열었다.

"로우켈 님, 뱀파이어 공작 아켈스는 대평원 토벌전에서만 기사 1천 5백 명과 2만 명의 병사를 학살했습니다. 저희 여단 병력이 준비될 때까지 기다려 주십시오!"

성준은 남자의 이름, 전생의 이름을 알게 되었다.

"아켈스가 내 영지를 박살 냈다. 묵과할 수는 없는 일이다. 말려도 소용없으니 따라나서지 말거라."

로우켈은 대답과 함께 세 기사에게서 몸을 돌려 발걸음을 옮겼다.

그리고 배경이 바뀌었다. 어두운 밤, 고풍스러운 분위기의 거대한 성에서 로우켈은 창백한 얼굴의 잘생긴 남자와 검을 겨누고 있었다.

"검성 로우켈인가? 초대하진 않았지만 내 성에 온 것을 환영한다. 용건은 영지의 복수인가?"

"잘 아는군, 아켈스…… 가는 길이 편하지는 않을 거다."

"흥미롭군! 기대…… 커헉!"

아켈스는 말을 잇지 못했다. 일순간 거리를 좁힌 로우켈이 휘두른 검에 왼팔이 날아간 것이다.

'빠, 빠르다……!'

너무 빨라서 눈으로 좇을 수도 없었다. 하지만 무슨 일이 벌어졌는지는 알 수 있었다. 로우켈이 펼친 검술이 영혼에 각인되어 있는 것이다. 섬광과도 같은 일격이었지만 기억을 되살리기엔 충분했다.

'문제는 내가 사용할 수 있냐는 거지……'

성준은 눈살을 찌푸렸다. 아무리 생각해 봐도 지금의 몸으로는 무리라는 결론이 나왔다.

'일단 집중하자.'

고개를 젓는 것으로 잡념을 물리친 그는 로우켈에게 집중했다. 화려함을 절제한 치명적인 검술이 아켈스를 압도했다.

불과 몇 초 만에 승패가 결정되었다. 아켈스는 전신이 토막난 상태에서 숨이 끊어졌다.

"뱀파이어 공작이라도 이 정도면 재생하지 못하겠지."

로우켈의 입가에 미소가 번지고, 그 모습을 보는 성준도 씨익 웃어 보였다.

'기억했다.'

전생의 기억이 일부 되살아났다.

성준이 솔플 일정이 있는 날 아침, 헌터닷컴에 새로운 게시글이 올라왔다.

[속보! 저주스러운 힐량을 가진 회복계 헌터, 레전설이 D급 던전을 솔플한다고 함!]

글은 추천 폭주로 10분 만에 베스트 게시글이 되었다.

성준은 그 사실을 꿈에도 모른 채 헌터 마트에 들러 솔플에 필요한 간단한 용품을 갖췄다. 던전 입구에 도착했을 땐 수십 명의 헌터가 모여 있었다.

"레전설이 왔다."

"내기할까? 나는 레전설이 포기하거나 죽는 거에 걸지."

"어제 있었던 일이 사실이라도 레전설에게 D급 던전 솔플은 무리라고 생각해."

헌터들이 수군거리는 소리가 작지 않다.

'어제 일로는 부족했나……?'

성준은 고개를 저었다.

'던전에서 나와도 계속 레전설이라고 부를 수 있나 보자.'

성준의 입가에 싸늘한 미소가 번졌다. 목표가 바뀌었다. 원래는 D급 던전 솔플을 목표로 했지만……

'공략 시간 국내 10위 안에 들어가 주지.'

모두를 놀라게 할 계획은 완벽했다. 그는 침착하게 던전 입구에서 대기하고 있는 관리국 직원에게 다가갔다.

"C급 회복계 헌터 강성준 씨 되십니까?"

"네. 제가 강성준입니다."

"잠시 자격증을 확인하겠습니다."

성준은 헌터 자격증을 건넸다. 간단한 확인 절차가 끝나자 직원은 자격증을 돌려주며 입을 열었다.

"지금이라도 포기하셔도 됩니다."

"아뇨! 포기하지 않습니다."

무시하는 듯한 직원의 말투에 성준은 오기가 생겼다. 결의에 찬 목소리에 던전 관리국의 직원도 고개를 끄덕였다.

"입구를 개방하겠습니다. 행운이 함께하길."

"감사합니다."

성준은 슬쩍 미소를 지어 보였다. 그리고 닫혀 있는 문 앞에 다가섰다.

'비루했던 과거를 청산할 시간이다. 이제는 눈치 보지 않고 나를 위해 살겠다.'

문이 열렸다. 성준은 결의를 다지며 던전에 진입했다. 대부분의 지하 던전이 그렇듯 이곳도 어두웠다.

성준은 당황하지 않고 가방에서 '조명 드론'을 꺼내 허공에 던졌다. 드론이 작동하면서 전방을 비췄다.

'잘 산 것 같다.'

드론의 성능이 마음에 들었는지 성준의 입가에 미소가 번졌다.

어둠을 밝히기 위해 한 손에 마법 등을 들면 전투가 제한되기 때문에 솔플을 전문적으로 하는 헌터들은 조명 드론을 애용했다. 80만 원이라는 비싼 가격이었지만, 솔플 전문 헌터들에게 부담이 될 만한 가격은 아니었다. 성준도 이번에 투자하는 셈 치고 하나 구입한 것이다.

던전은 위험한 곳이고 돈을 아끼려다가 목숨이 날아갈 수도 있다.

"시작해 볼까."

전생을 일부분 기억하게 되면서 없던 능력이 몇 개 생겼다. 그중 하나가 기척 감지다.

'크기는 소형, 숫자는 다섯.'

날카로운 시선이 전방을 훑었다.

어둠 속에서 뭔가가 움직이나 싶은 순간, 성준의 몸이 탄환처럼 빠르게 거리를 좁혔다.

'고블린이다!'

날렵한 움직임으로 빈틈을 노렸다.

"키에에엑!"

고블린 다섯이 힘없이 쓰러졌다. 고블린은 F급 던전부터 등장하는 최하급 마물에 속하지만 갓 각성한 헌터들에겐 공포의 대상이다.

"이 정도까진 괜찮나 보네."

오러는 발현되지 않았지만 무리했을 때 나타나는 특유의 통증이 없었다. 자신감을 얻은 성준은 힘차게 전진했다.

20여 마리의 고블린을 처치하자 오크가 모습을 드러냈다.

"세 마리······"

D급 마물인 오크는 수많은 헌터들의 목숨을 앗아 간 무서운 마물이다. 보통 오크 두 마리가 전투계 헌터 한 명을 상대할 수 있다.

"캬아아악!"

오크들은 먼저 움직였다. 성준은 검을 고쳐 쥐었다. 긴장감이 감도는 가운데, 불현듯 전생의 기억이 떠올랐다.

로우켈이 서 있다. 그는 홀로 수만의 군세에 맞섰다. 일격에 방진이 무너지고 수백의 병사가 목숨을 잃었다.

성준은 그 기억을 떠올리자 이유는 알 수 없지만 잠시나마 고개를 들었던 두려움을 잊을 수 있었다.

"오크 목을 따는 건 숨 쉬는 것보다 쉽지."

혼잣말을 내뱉으며 가장 가까이 다가온 오크를 향해 검을 휘둘렀다.

휙!

단순한 횡 베기. 화려하진 않지만, 치명적인 급소를 노리는 절묘한 검술이었다.

서걱.

"쿠워어어!"

깊이 베었다.

성준은 이어서 다른 오크를 노렸다. 남은 오크 둘은 각자 다른 곳에서 합공을 펼쳤다.

"마물 따위가······!"

자제하고 있지만 전생의 성격이 튀어나와 버렸다. 동시에 전투를 유리하게 이끌 수 있는 기억이 살아났다.

'급소를 완전히 보호하는 움직임이다.'

동료의 허무한 죽음을 목격한 오크들은 철저한 방어 자세를 갖추고 공세를 펼쳤다.

'그렇다면 팔과 다리를 자른다!'

빠르게 휘둘러진 검이 정면에서 쇄도하는 오크의 팔을 잘라 공격을 막고 좌측을 노리는 오크의 왼발을 쳤다.

"쿠워어!"

왼발을 잃은 오크가 힘없이 무너졌다. 그 순간을 놓치지 않고 성준의 검이 오크의 목을 찔렀다.

"쿠, 쿠워!"

피가 분수처럼 솟구쳤다. 팔이 잘린 오크가 떨어뜨린 무기를 급히 집어 들려고 했지만 성준이 보고만 있지 않았다.

곧바로 검이 심장을 꿰뚫었다. 동작의 낭비 없이 오크 셋을 처리하는 성준의 모습은 모르는 사람이 봤다면 숙련된 전투계 헌터라고 착각할 정도였다.

"큭!"

걸음을 옮기기 무섭게 약한 통증이 전신을 엄습했다.

'지금 상태에선 이 정도 움직이면 슬슬 한계가 찾아오네.'

성준은 전투 경험을 바탕으로 자신의 한계를 확실하게 파악했다. 통증은 심하지 않았기 때문에 '힐'을 사용하자 금세 사라졌다.

그 후 몇 무리의 오크를 더 처리하자 보스방에 도착할 수 있었다. 마정석을 챙기는 것도 잊지 않았다.

기관 장치를 작동시키자 철문이 열리고 내부가 드러났다.

"쿠워어어어어!"

포효와 함께 진득한 살기가 거리를 좁혔다.

"빠, 빨라!"

뭔가가 날아오는 것을 본 성준은 몸을 틀어 피했다. 투창이 어깨를 스치고 지나갔다. 피가 튀었다.

상처가 깊었다. 성준은 방심을 자책하며 입술을 살짝 깨물었다. 기분이 좋지 않았다.

"투창인가?"

효율적인 투창법에 대한 전생의 기억 일부가 되살아났다. 성준은 돌바닥에 꽂힌 창을 뽑았다. 시선을 집중하자 어둠 속에서 오크의 희미한 모습이 보였다.

"오크 광전사군."

도감에서 본 기억이 있다. 성준은 힘차게 창을 던졌다.

쐐애애애액!

"쿠워어어어억!"

자신이 던진 창이 미사일처럼 허공을 가르며 날아가자 성준은 놀랄 수밖에 없었다.

"왜 이렇게 빨라!"

힘 조절에 실패한 것이다. 창은 오크 광전사의 가슴을 꿰뚫고 날아가 돌벽에 깊숙이 꽂혔다.

-공략 확인, 계측 완료. D급 던전을 클리어하셨습니다.

주머니에 넣어둔 계측기가 클리어 사실을 확인했다. 성준은 보스인 오크 광전사가 쓰러진 곳으로 발걸음을 옮겼다.

-새로운 아이템의 존재를 확인.

시체 근처에 다가가자 계측기가 아이템이 있다는 사실을 확인했다. 성준은 주머니에서 계측기를 꺼내 시체를 스캔했다. 투창 쪽에서 반응이 왔다.

그는 계측기의 아이템 감정 기능을 사용했다.

[오크 광전사의 투창]

D급.

가속 효과 확인.

관통 효과 확인.

스탯은 쓸 만했다.

'그러고 보니 로엘을 감정하지 못했어.'

그동안 경황이 없어서 잊고 있었다. 성준은 로엘에 감정 기능을 사용했다.

"뭐야, 이거……."

스탯을 확인한 그는 쉽게 말을 잇지 못했다.

[봉인된 로엘]

F급.

잠재 능력 확인.

전생 각성 효과 확인.

추가 효과 알 수 없음.

"잠재 능력? 전생 각성?"

아이템 등급은 형편없었지만 잠재 능력과 전생 각성이라는 특이한 능력이 두 개 붙어 있었다.

"돌아가면 헌터닷컴에서 검색해 봐야겠어."

성준은 혼잣말을 내뱉으며 오크 광전사의 투창을 챙기고 던전을 벗어났다. 입구를 나오기 무섭게 구경 온 헌터들의 시선이 집중되었다.

"뭐야…… 벌써 나왔어?"

"내가 포기할 거라고 했잖아. 어제는 좀 놀랐지만 레전설의 한계야."

"클리어한 게 아닐까?"

"그럴 리는 없을걸."

그들은 수군거렸지만 성준은 아랑곳 않고 던전 관리국의 직원을 찾아가 계측기를 보여주었다.

그의 표정이 새하얗게 질렸다.

"이, 이럴 수가…… 말도 안 돼……."

그가 성준을 보는 눈빛은 마치 괴물을 보는 듯했다.

'반응을 보니까 동급 헌터들의 D급 던전 공략 기록 10위 안에 진입한 건 확실하군.'

성준은 자신감을 표출하며 입을 열었다.

"기록은 어떻게 됩니까?"

"자, 잠시만요. 한 번만 더 확인하겠습니다."

심상치 않은 반응에 구경 온 헌터들도 수군거리는 것을 멈추고 두 사람을 주목했다. 계측기를 살피는 직원의 눈동자가 지진이라도 난 것처럼 흔들렸다.

이윽고 그는 굳게 닫혀 있던 입을 열었다.

"기, 기록 2시간 5분…… 동급 헌터 기준 국내 신기록입니다!"

많이 놀란 모양인지 기록을 발표하는 직원의 목소리가 컸다. 구경하러 모인 헌터들이 모두 들을 수 있을 정도였다.

"국내 신기록이라고? 그렇다면 정말 C급 회복계 헌터가 D급 던전을 솔플했다는 말이야?"

"계측기가 거짓말을 할 리는 없고."

"대단해!"

신기록을 달성했다는 말에 성준을 보는 눈빛들이 달라졌다. 헌터들의 감탄사가 멈추지 않았다.

그 모습을 보며 성준은 웃음이 터져 나오는 것을 간신히 참아냈다. 이 일이 헌터닷컴에 퍼지면 이제 그 누구도 함부로 레전설이라고 부르지 못할 것이다.

"신기록이요?"

성준은 놀란 기색을 감추며 다시 물었다. 평소 솔플 기록에 관심이 없어서 잘 몰랐다. 10위권 이내라고는 예상했지만 설마 신기록을 경신할 것이라고는 솔직히 예상조차 하지 못했다.

"신기록이 맞습니다. 회복계 헌터가 기록을 경신한 건 최초입니다. 헌터님…… 정말 대단하십니다."

직원도 쉽게 믿지 못해서 계측기를 몇 번이나 확인했다. 그러나 이상한 점은 발견되지 않았다.

"실례가 되지 않는다면 제가 이 사실을 던전 관리국에 전달할 동안 잠시 기다려 주시겠습니까?"

직원의 태도는 조금 전과는 차원이 다를 정도로 정중했다.

"던전 관리국에 보고를 해야 해요?"

"네. 신기록을 경신한 헌터께 던전 관리국에서 특전을 제공하고 있습니다."

"특전이요?"

"그렇습니다."

그러고 보니 헌터닷컴에서 관련 게시글을 읽은 기억이 있었다. 성준은 마음을 차분하게 가라앉히며 입을 열었다.

"빨리해 주세요."

성준의 재촉에 직원은 잠시 떨어진 곳에서 전화를 걸었다. 잠시 후, 그가 성준을 향해 달려왔다.

"던전 관리국으로 가시지요. 차량으로 모시겠습니다."

고급 세단 하나가 도착했다. 어차피 마정석과 아이템을 매각하려면 던전 관리국에 방문해야 한다. 차량을 제공해 준다고 하니 거절할 이유는 없었다.

"제가 열어드리겠습니다."

조수석에서 사무원으로 보이는 직원이 내려서 문을 열어주었다. 성준이 탑승하자 문이 닫히고 던전 관리국을 향해 출발했다.

'나쁘지 않군.'

헌터였지만 벌이가 거의 없어서 힘들었던 그는 돈을 아끼기 위해 대중교통을 주로 이용했었다.

던전 관리국에서 제공한 차량 덕분에 금방 도착했다. 성준은 건물 주차장에 마중 나온 직원을 따라 이정미라는 이름의 사무관과 만나게 되었다.

사무관부터는 던전 관리국의 간부다. 성준으로선 2년 동안 헌터 생활을 하면서 처음 만나는 간부였기에 새로운 기분이었다.

"반갑습니다, 헌터님. 던전 관리국 사무관 이정미라고 합니다."

정미는 환하게 웃으며 성준을 맞이했다. 성준도 미소를 지었다. 그가 의자에 앉자 다른 직원이 냉커피를 가져왔다.

"특전을 설명해 드리겠습니다."

성준이 냉커피를 마실 동안, 정미는 신기록을 경신한 헌터가 받을 수 있는 특전을 설명했다.

특전은 신생 던전에 대한 점유 권한을 행사할 수 있는 우선 점유권 1장이었다. 리젠률이 낮은 A급 이상 던전을 우선 점유하기 위해 주로 길드에서 많이 사용하는 편이었다.

시세 변동은 있는 편이지만 최소 3억 원의 가치가 있다. 팔 수도 있지만 구하기 힘든 아이템이라, 성준은 우선 간직하기로 했다.

"용건은 끝났죠? 가보겠습니다."

"자, 잠시만요, 헌터님!"

"용건이 남았습니까?"

"헌터 관리국에서 등급 재심사를 요청했습니다."

퉁명스러운 성준의 반응에도 불구하고 정미의 미소는 흔들리지 않았다.

"등급 재심사를요?"

성준은 의아하다는 투로 물었다. 보통 등급 재심사는 헌터 쪽에서 요청하는 경우가 대부분이다.

"전에 없던 경우라서요. 심사관이 오기로 했으니 헌터 관리국까지 이동하실 필요는 없을 거예요. 협조해 주신다면 저희 쪽에서도 후에 편의를 봐드리겠습니다."

"그렇다면 응하겠습니다."

심사관이 찾아온다면 귀찮은 일도 줄어든다. 거기다 편의까지 봐준다고 하니 거절할 이유가 없다. 사실 성준도 지금 자신의 신체가 어느 정도 활성화되었는지 궁금하기도 했다.

이윽고 헌터 관리국에서 심사관 한 명이 찾아왔다.

"안녕하세요, 헌터님. 헌터 관리국 심사관 조인규입니다! 기다리시느라 고생이 많으셨습니다."

성준이 신기록을 경신하면서 자신을 증명하자 오늘 만나는 직원들마다 과도할 정도로 예의를 갖췄다. 성준은 미소를 지었다. 모든 것이 그를 중심으로 돌아가고 있었다. 기분이 나쁘진 않았다.

"바로 준비하겠습니다. 조금만 더 기다려 주세요."

인규는 고개를 숙여 양해를 구한 뒤 가방에서 계측기를 꺼냈다. 헌터들이 들고 다니는 것과는 조금 다른 종류였다.

"신체 활성화를 체크하고 마력량을 측정하겠습니다."

고개를 끄덕이자 인규가 그의 몸에 계측기를 가져갔다.

삐빅!

얼마 지나지 않아서 계측이 끝났다는 신호음이 들려왔다.

"끝났습니까?"

"자, 잠시만 기다려 주시겠습니까?"

하지만 인규는 결과를 말해주지 않았다. 대신 믿을 수 없다는 눈동자로 계측기와 성준은 번갈아 볼 뿐이다.

"이상하다…… 이럴 리가 없는데……."

그는 작은 목소리로 혼잣말을 내뱉었다. 그리고 버튼을 눌러 계측기를 초기화했다.

"정말 죄송합니다, 헌터님. 다시 측정해도 되겠습니까?"

"어쩔 수 없죠. 빨리 끝내주세요."

가만히 서 있기만 하면 되는 일이다. 어려운 부탁은 아니었기 때문에 성준은 흔쾌히 고개를 끄덕이며 대답했다.

"감사합니다, 헌터님. 금방 끝납니다."

인규는 다시 성준의 몸에 계측기를 가져갔다. 이윽고 좀 전처럼 '삐빅'하는 소리와 함께 결과가 나왔다.

"이제야 제대로 나왔네."

인규는 혼잣말과 함께 계측기를 가방에 집어넣었다. 곧 그의 시선이 성준에게 향했다.

"고생이 많으셨습니다, 헌터님. 방금 결과가 나왔습니다."

"말해주세요."

"C급에서 B급으로 승급하셨습니다! 축하드립니다!"

'내가 B급 헌터가 되었다고?'

예상했지만 기쁜 마음을 주체하기 힘들 정도였다.

'이제 목표가 더 가까워졌다.'

성준의 눈동자가 반짝였다.

"축하합니다, 헌터님!"

"승급을 축하드립니다!"

사무실 안에 있던 직원들이 과장된 동작으로 박수를 치며 축하해 주었다.

"1월에 정기 심사를 받으셨으니…… 약 5개월 만에 B급으로 승급하신 거네요! 이런 속도는 흔치 않습니다. 다시 한번 축하드립니다!"

"용건이 끝났다면 가보겠습니다."

성준이 기쁜 마음으로 사무실을 떠나자 인규는 과장된 표정을 지우고 여전히 믿을 수 없다는 얼굴로 고개를 저었다.

"오류일 거야……. 그럴 리 없어……."

오류라고 믿고 싶었다, 그가 보았던 수치는 너무나 엄청났기에.

3장
검성의 유산

재심사를 끝낸 성준은 정산 센터로 가서 아이템과 마정석을 매각했다. 입금된 금액은 1,800만 원이었다. 혼자서 던전을 클리어했으니 이 돈은 모두 성준의 것이다.

'이 돈이면 아버지를 더 좋은 병원으로 모실 수 있어.'

성준은 기쁜 마음에 눈물을 흘렸다. 전생의 기억과 함께 냉정한 성격이 흘러들어 왔지만 가족을 향한 따뜻한 마음은 여전했다.

'다른 건 다 필요 없어, 아버지 병원부터 옮겨야 해.'

다른 이들 같으면 갑자기 많은 돈이 생기면 아무거나 막 지르기도 하지만 성준은 달랐다. 아버지의 병을 고쳐 드려야 하기 때문에 돈을 낭비할 수 없었다.

마음 같아선 직접 병을 고쳐 드리고 싶었지만 아쉽게도 회복계 헌터의 '힐'은 질병을 치료할 수 없다.

'한국중앙병원으로 옮기자.'

성준은 결정을 내렸다. 한국중앙병원은 지금 그의 아버지가 입원한 병원에 비해 시설도 좋고 무엇보다 혈액종양내과에 실력 있는 교수들이 포진해 있는 걸로 유명했다.

성준은 망설임 없이 아버지가 입원해 있는 병원으로 향했다. 그동안 늘 대중교통을 이용했지만 빠를수록 좋은 일이라 택시를 이용했다.

"아버지."

성준이 4인 병실 문을 열고 들어갔다. 성준의 아버지, 강수혁은 창가 쪽 침대에 앉아 있었다. 그는 아들의 목소리가 들리는 방향으로 고개를 돌렸다.

"아들 왔어?"

목소리에 힘이 없었다. 만날 때마다 초췌해져 가는 수혁의 모습에 성준은 가슴이 아파지는 것을 느꼈다.

"별일 없으셨죠?"

수혁은 대답 대신 희미한 미소를 지으며 고개를 끄덕였다.

"몸은 좀 괜찮아요?"

"한결같지."

수혁의 대답에 성준은 미소를 지었다. 그리고 사정을 설명했다.

"……그래서 병원은 옮기는 게 좋을 것 같아요. 한국중앙병원으로요."

"무리하는 거 아니니?"

"괜찮아요. 아버지 아들은 이제 B급 헌터가 되었거든요."

성준은 자랑스럽게 이야기했다. B급 헌터 자격증이 아직 발급되지 않아서 보여주지 못하는 게 아쉬웠다.

"정말 잘 되었구나."

성준의 승급을 수혁은 정말 기뻐했다. 아들이 성공하는 모습을 보는 부모의 마음은 뿌듯했다. B급 헌터가 되었다는 사실은 수혁을 설득하기 충분했다.

그들은 병원의 도움을 받아 한국중앙병원에서 입원 수속을 밟았다.

"병실은 어떻게 해드릴까요?"

병원 관계자가 물었다. 성준은 뒤편에서 휠체어에 탄 채 기다리고 있는 수혁을 한 차례 살폈다. 4인 병실을 썼던 시절 수혁이 가끔 불편함을 호소했던 게 기억났다.

"1인실로 주세요."

"저희 병원 1인실은 다른 병원보다 비싼데…… 괜찮으시겠어요?"

성준의 옷차림을 살피며 관계자가 다시 확인했다. 그 모습에 성준은 눈살을 찌푸리며 입을 열었다.

"바로 입금할 테니까 1인실로 주세요."

"알겠습니다."

절차를 밟고 아버지를 1인실 침대에 눕혀 드리고 나오며 성준은 자신의 옷차림을 살폈다. 한눈에 보기에도 낡아 있다.

비싼 옷은 아니더라도 새 옷을 구입할 필요성을 느꼈다.

'방어구도 사야 하고 말이야.'

이것저것 살 게 많다는 생각에 한숨이 절로 나왔다.

B급 헌터 자격증이 발급되었다. 며칠 정도 걸리는 게 보통이고 택배로 받거나 방문 수령해야 하지만 헌터 관리국에선 직원을 보내 전달하는 것으로 불편함을 덜어주었다.

'D급 던전을 몇 번만 더 돌아야겠다.'

B급 헌터가 되면서 C급 던전을 솔플할 수 있는 자격이 되었지만 성준은 D급 던전을 몇 번 더 가기로 했다.

"D급 던전 솔플을 신청합니다."

일주일 동안 쉬지 않고 D급 던전만 3번 솔플로 공략했다. 그 결과 통장 잔고가 5,000만 원으로 불어났다.

D급 던전만으로 일주일 만에 이렇게 큰돈을 번 것은 솔플

로 공략한 덕이었다. 그래서 많은 헌터들이 솔플을 원하지만 능력 부족으로 포기하곤 한다.

"조금만 쉬고 C급 던전을 노려보자."

던전 공략, 특히 솔플은 어마어마한 피로를 동반하는데 성준은 일주일 동안 거의 쉬지 못했다. D급과 달리 C급 던전부터는 위험 부담이 커지기 때문에 최상의 컨디션으로 도전해야 한다.

일주일을 쉬었다. 7월 1일, 던전 관리국을 찾아갔다.

"C급 던전 솔플 신청합니다."

"C급 던전부터는 솔플 위험도가 D급 던전에 비해 많이 높아집니다. 괜찮으시겠습니까?"

사무원이 조심스럽게 우려를 표했으나 예전처럼 대놓고 무시하는 기색은 없었다. D급 던전 신기록 경신으로 성준이 자신을 증명한 이후부터 헌터들은 몰라도 던전 관리국 직원들의 태도는 확연히 달라졌다.

"문제없습니다. 진행해 주세요."

"일정이 잡히는 대로 저희 쪽에서 연락을 드리겠습니다."

"잘 부탁합니다."

성준은 던전 관리국을 나왔다. 그날 저녁 던전 관리국에서 전화가 와서 공략 일정을 알려주었다. 공략 일정은 다음 날 오후 2시였다. 성준은 자기 전에 아버지인 수혁에게 안부 전화를 끝낸 뒤 헌터닷컴에 접속해서 게시글을 살폈다.

[B급 던전부터 난이도가 너무 높아지는 것 같아요.(4)]

[B급은 A급도 솔플 힘들다더라.(2)]

신기록을 경신했을 때만 해도 성준의 이야기가 많았었다. 그가 솔플하는 던전 근처에서 구경하는 헌터도 많았다.

하지만 시간이 흐르고 새로운 화제의 등장에 성준에 대한 관심은 차분하게 가라앉았다.

'이 정도에서 끝나서 다행이야.'

과도한 관심은 도움이 되지 않는다. 희미하지만 전생의 기억이 분명하게 말해주고 있었다.

10분 후, 성준은 헌터닷컴을 끄고 잠자리에 들었다.

다음 날 아침 일찍 일어난 그는 헌터 마트에 들러서 필요한 장비를 구입한 뒤 점심을 먹고 던전 앞으로 이동했다.

"안녕하세요, 강성준 헌터님 되십니까?"

"네, 접니다."

"번거로우시더라도 헌터 자격증을 확인할 수 있을까요?"

직원은 정중하게 양해를 구했다. 성준이 헌터 자격증을 건네자 이윽고 짧은 확인 절차가 끝났다.

"던전 입구를 개방하겠습니다."

돌로 된 문이 열리고 지하로 향하는 통로가 모습을 드러냈다. 성준은 조명 드론을 작동시키고는 침착하게 계단을 내려갔다. 계단의 끝에는 넓은 공동이 있었다.

"넓네."

성준은 조명 드론을 하나 더 꺼내 작동시켰다. 이번에 헌터마트에서 추가로 구입한 것이었다.

"마물인가? 수는 넷……."

어둠 속에서 느껴지는 기척에 성준은 혼잣말을 내뱉으며 검을 뽑았다. 그가 천천히 걸음을 옮기자 마물들도 모습을 드러냈다. C급 던전의 명성에 걸맞게 처음부터 오크 넷이 등장했다.

성준은 방어 자세를 유지한 채 천천히 거리를 좁혀갔다.

"쿠워어어!"

오크들이 괴성을 지르며 달려왔다. 겁을 집어먹을 수도 있는 상황이었다.

하지만 전생 각성의 영향 탓일까? 아니면 몇 번의 솔플 경험 탓일까?

성준은 놀라울 정도로 침착했다.

"하앗!"

오크 넷이 가까이 접근하자 절제된 기합과 함께 성준의 몸이 날렵하게 움직였다. 그는 오크 넷이 사방에서 휘두르는 검을 피해내며 오크 둘의 두개골을 반으로 갈랐다.

"크워!"

동료 둘의 죽음에 유일하게 창을 들고 있던 오크가 창을 들어 올렸다.

"느려."

동작이 느리고 빈틈이 많았다. 성준은 깊숙이 파고들어 오크의 가슴에 검을 꽂아 넣었다. 심장을 관통하는 치명적인 일격이었다.

홀로 남은 오크도 같은 방식으로 처리했다.

"조금 무리했나?"

한계를 살짝 넘은 기분이 들었지만 이전과 같은 고통은 느껴지지 않았다.

'신체가 전보다 활성화된 건가? 한계가 높아진 느낌이다.'

생각을 정리한 성준은 다시 전진했다. 보스방 앞에 도착할 때까지 오크를 제외한 다른 마물의 모습을 볼 수 없었다.

"트롤이 보이지 않으니까 살짝 불안하네."

보스방 입구를 지키고 있던 8마리의 오크를 처리한 성준은 불안한 느낌을 받았다. C급 던전에는 동급의 마물인 트롤이 등장하는 경우가 많다. 하지만 여기까지 오면서 트롤을 보지 못했다.

'설마 보스로 나오는 건 아니겠지? C급 보스면 트롤 광전사가 나올 확률이 높은데…….'

높은 재생력에 광화까지 가지고 있는 트롤 광전사는 상대하기 까다로운 보스 중 하나다.

"조심하자."

성준은 스스로를 격려한 뒤 문을 열었다. 그 순간, 날카로운 뭔가가 날아와 그의 옆구리를 스치고 지나갔다.

"큭!"

아찔한 통증에 신음을 내뱉으며 손으로 상처를 눌렀다.

'출혈이 생각보다 심하다.'

게임과는 달리 포션 같은 편리한 건 없다. 지혈제를 찾아서 뿌려야 하는데 가방에 있었다.

어둠 속에서 붉은 눈이 성준을 노리고 있었다. 드론이 조명을 비추자 우려했던 대로 트롤 광전사의 모습이 나타났다.

전생의 기억, 그리고 본능이 경고했다.

'가방에 손을 가져가는 순간 죽는다!'

식은땀이 흘렀다.

'역시 C급 던전은 무리였나……?'

허무한 웃음이 나왔다. 자신이 죽으면 아버지는 어떻게 한다는 말인가? 다음 순간, 트롤 광전사가 달려오기 시작했다.

상처가 심해서 움직일 수 없다. 어떻게 해야 하지? 그는 자신이 힐러라는 사실을 떠올렸지만 극도로 낮은 힐량 탓에 레전설이라는 별명을 얻었다는 것을 깨닫고 고개를 저었다.

'제기랄! 한번 걸어보자!'

트롤 광전사가 근접했다.

시간이 없다. 성준은 한 번만 더 걸어보기로 했다.

"힐!"

상처 부위를 감싼 손에서 환한 섬광이 터져 나왔다. 고통이 느껴지지 않았다. 손을 뗀 순간, 그곳에는 더 이상 '상처'라는 것이 존재하지 않았다.

"설마 이 정도일 줄은……."

처음에는 우연이라고 생각했었다. 하지만 이번이 두 번째, 지금 이곳에 우연은 없다.

'전생의 기억을 얻으면서 힐러 능력도 강해진 건가?'

각성 당시 받아들였던 엄청난 양의 마력이 신체를 활성화시켰을 뿐만 아니라 최악의 힐량을 보였던 힐러 능력까지 각성시켰을 수도 있다.

'왔다!'

트롤 광전사가 바로 코앞까지 접근했다. 깊게 생각할 여유는 없다.

"캬하아악!"

트롤 광전사가 괴성을 내지르며 휘어진 곡도를 휘둘렀다. 희미한 전생의 기억이 위험을 경고했다.

성준은 자신의 목을 노리며 쇄도하는 곡도를 쳐내고 트롤 광전사의 심장을 노렸다. 재생력이 뛰어난 트롤 광전사를 죽이려면 '급소'를 노려야 하지만 쉽지 않았다.

"캬하아악!"

트롤 광전사의 괴성과 함께 성준의 검이 튕겨 나왔다.

"제기랄!"

뜻대로 되지 않자 성준은 짧은 욕설을 내뱉었다. 바로 반격이 들어왔지만, 급히 검을 회수한 덕분에 다행히 대응할 수 있었다.

숨 막히는 긴장 속에서 검격을 주고받았다. 육체적으로 지치지는 않았지만 정신력의 마모가 심했다. 후회가 고개를 드는 순간, 익숙한 목소리가 머릿속에서 울렸다.

'트롤? 압도할 수 없다면 팔다리를 잘라라. 잘린 팔다리는 재생하지 않을뿐더러 자세를 무너뜨린다. 그 뒤에 급소를 노려도 늦지 않다.'

전생의 기억이다.

성준은 트롤 광전사의 심장을 노리는 듯하다가 돌연 검의 궤적을 틀어서 다리를 베었다. 실전 경험이 풍부하지 않으면 나올 수 없는 고급 검술이었다.

성준도 전생의 기억을 일부 흡수하고 던전 솔플을 통해 꾸준히 수련하지 않았다면 구사하기 힘들었을 것이다.

"캬하악!"

트롤 광전사가 중심을 잃으면서 빈틈이 생겼다. 성준은 그 것을 놓치지 않고 심장에 검을 찔러 넣었다.

트롤 광전사는 한 차례 몸을 떨더니 이내 숨이 끊어졌다. 그의 시체는 다른 마물들의 것처럼 곧 소멸했고, 마정석과 가죽 갑옷을 남겼다.

-공략 확인, 계측 완료. C급 던전을 클리어하셨습니다.
-새로운 아이템의 존재를 확인.

계측기가 반응했다. 성준은 계측기를 주머니에서 꺼내 가죽 갑옷으로 가져갔다.

삐빅!

기계음과 함께 화면이 바뀌었다.

[트롤 광전사의 가죽 갑옷]

D급.

방어 효과 확인.

가슴에 뚫린 구멍만 수선하면 입고 다닐 수 있을 것 같았다. 성준은 가죽 갑옷을 가방에 챙겨 넣고 나지막이 한숨을 내쉬었다.

"혼자서 C급은 조금 벅차네."

보스, 트롤 광전사와의 전투에서 무리를 한 것인지 전신에서 미약한 통증이 느껴졌다. 성준은 '힐'로 응급처치를 한 뒤 던전을 떠나기 위해 계단을 올라갔다.

문을 열고 태양을 보는 순간, 또 하나의 기억 파편이 깨어났다.

성준의 전생, 검성 로우켈이 시종으로 보이는 남자와 함께 수십의 오크와 대치 중이었다. 그가 흔들림 없는 자세로 검을 휘두르자 수십의 오크가 일격에 쓸려 나갔다.

"잘 봐라, 제자야. 지금부터 내가 검성의 자리에 오를 수 있었던 수련법을 보여주겠다."

로우켈이 손을 들어 올리자 오크들의 시체에서 푸른 마력이 피어오르더니 로우켈에게 흡수되었다.

"이게 마력 흡수법이다. 소량이지만 꾸준히 마력의 한계를 늘릴 수 있지. 지금부터 네게 가르쳐 주겠다."

로우켈이 설명하려는 순간, 기억이 끊겼다. 성준은 손이 아릿하게 저려오는 것을 느꼈다. 동시에 전생의 희미한 기억 속에서 마력 흡수법을 사용하는 방법을 떠올릴 수 있었다.

성준은 차오르는 희열에 가볍게 몸을 떨었다.

'이걸로 한 걸음 나아간다.'

성준의 입가에 미소가 번졌다.

✦

C급 던전을 공략하면서 얻은 마정석을 매각하고 받은 정산 금은 5,600만 원이었다. 트롤 광전사에게서 얻은 가죽 갑옷의 수리비로 100만 원을 쓰고 얼마 전 D급 던전을 공략하면서 정 산받은 5천만 원을 아버지께 보내 드렸지만 여전히 잔액이 5천 만 원 넘게 남아 있었다.

"이번에는 시간이 좀 걸리네……."

커피를 마시며 한가로운 오후를 보내고 있던 성준은 던전 관리국에서 연락이 오지 않자 눈살을 찌푸렸다.

솔플이 레이팅에 상관없이 던전에 빨리 입장할 수 있긴 하 지만 근처에 던전 자체가 없으면 일정이 잡히지 않을 수밖에 없다.

"수련이나 해야겠다."

성준은 뒷산에 올라갔다.

얼마 전부터 희미한 전생의 기억을 더듬어가면서 검술 동작 을 연습하기 시작했다. 검술을 수련할수록 기억은 선명해졌 다. 하나의 동작을 완벽하게 익혔다는 생각이 들면 새로운 동작이 떠올랐다.

수련을 할수록 강해지고 있다는 느낌이 들었다. 그리고 실제로도 그는 강해지고 있었다.

"마력을 운용하면서 신체 활성화가 진행된 건가……."

뒷산에서 2시간 정도의 격한 수련을 끝냈다. 성준은 며칠 전보다 움직임이 빨라진 것을 체감했다.

헌터들은 마물과 싸우기 위해 소량의 마력을 운용한다. 그게 고도화된 기술이 오러와 마법이다.

"몸도 좀 달라진 것 같고……."

성준은 자신의 몸을 살폈다. 말랐던 몸은 그동안 잘 먹고 수련을 게을리하지 않은 덕에 근육이 잡히기 시작했다.

집으로 돌아가는 길, 던전 관리국에서 전화가 왔다.

-안녕하세요, 헌터님. 던전 관리국입니다.

"일정이 잡혔습니까?"

-최근 D급 던전에 솔플 신청자가 많습니다. 그래서 대기열이 조금 밀려 있는 상황입니다.

던전 관리국의 직원이 상황을 설명했다. 원래 솔플하는 헌터의 수는 많지 않았다. 하지만 '레전설'이 D급 던전을 클리어했다는 소문이 헌터닷컴에 돌기 시작하자 허영 가득한 헌터들이 솔플을 신청한 것이다.

'죄다 죽어 나오는 것 같던데, 부족했나 보네.'

최근에 헌터닷컴에 올라온 게시글을 보면 솔플을 위해 던전에 들어간 오만한 헌터의 9할이 시체가 되어 발견되고 있다고 했다. 충분히 피를 봤음에도 멈추지 않는 이들의 모습에 성준은 실소를 감추지 못했다.

'하지만 내가 신경 쓸 건 아니다.'

성준은 차가운 미소를 머금었다.

-다만 E급 던전이라면 지금 당장 입장할 수 있습니다.

직원의 말에 성준은 잠시 고민 끝에 결정을 내렸다.

"그렇게 해주세요. 위치 알려주시면 이동하겠습니다."

-양해해 주셔서 감사합니다, 헌터님. 지금 바로 문자로 안내해 드리겠습니다.

얼핏 던전 관리국을 배려한 듯 보이지만 사실은 계산된 행동이었다. E급 던전은 돈이 안 되는 곳이지만 마력 흡수법을 시험해 보기에 적당한 곳이다.

문자가 도착했다.

성준은 안내된 위치로 이동하여 던전 관리국 직원의 허가를 받은 뒤 던전에 입장했다.

모습을 드러낸 마물은 당연히 수준 낮은 고블린이었다. 성준은 일격에 고블린 둘을 처리하고 손을 들어 올렸다. 소멸되기 직전의 고블린 시체들에서 푸른 마력이 피어나 성준에게 흡수되었다.

"체력이 회복되었다고?"

너무나 놀란 나머지 생각이 입 밖으로 튀어나왔다. 체력 소모가 크지 않은 탓에 정확한 회복량은 알 수 없었지만 분명히 마력과 함께 회복되었다.

"이거 완전 무한 동력이잖아?"

'힐'은 외상만 치료할 뿐, 체력을 회복시키지는 못한다. 그리고 헌터들이 던전을 연속해서 공략할 수 없는 이유가 체력의 한계 때문이다.

지치면 전투력이 감소하는 건 분명한 사실이다. 하지만 지금 성준이 새롭게 깨달은 능력인 '마력 흡수'를 사용한다면 체력과 마력이 회복되니 무한 동력처럼 쉬지 않고 사냥을 하는 게 가능하다.

"크큭, 크하하하!"

웃음이 멈추지 않았다.

포션이 없는 세상에서, 그는 특별한 헌터가 되었다.

성준은 E급 던전의 공략을 끝내기 무섭게 던전 관리국을 찾아가 마정석을 매각하고 다음 솔플 공략을 신청했다.

마정석을 매각하고 받은 정산금은 5백만 원 정도였다. D급 던전이나 C급 던전을 공략하고 벌어들인 돈에 비하면 적지만 그래도 여전히 성준에게는 큰돈이었다.

"솔플 신청자가 여전히 많나⋯⋯?"

여전히 솔플 신청자가 많은 것인지 이틀 동안 일정이 잡히지 않았다. 성준은 던전 관리국을 방문하기로 했다.

전화로 해도 될 문제였지만 따로 할 일도 없었고 얼굴을 보이는 게 더 효과적이라고 생각했다.

"정말 죄송합니다, 헌터님. 현재 솔플 신청이 밀려 있어서 며칠 동안은 일정이 잡히기 힘들 것 같습니다."

사무원은 정말 죄송하다는 얼굴로 고개를 숙였다. 답답했지만 저자세로 나오는데 언성을 높일 이유는 없었다.

"그렇다면 파티 매칭은 어떻습니까?"

성준은 다른 방법을 찾아보기로 했다.

"B급 던전까지 파티 매칭을 신청할 수 있습니다."

"B급 던전의 매칭 상황은 어떻습니까? 밀려 있어요?"

사무원이 잠시 태블릿을 살핀 뒤 입을 열었다.

"그동안의 솔플로 헌터님의 레이팅이 많이 높아져서 어렵지 않게 잡힐 것 같습니다."

솔플이나 파티로 던전 공략을 성공하면 레이팅이라는 게 올라간다. 각성 전의 성준은 회복계로 매칭되어도 힐량이 너무 적어서 그가 매칭된 파티는 공략을 포기하고 퇴각하기 일쑤였다. 그래서 레이팅이 상당히 낮은 상태였기에 매칭이 쉽게 잡히지 않았다.

'하지만 지금은 다르다.'

성준은 자신할 수 있었다.

"연락 부탁드리겠습니다."

"자, 잠깐만요, 헌터님! 지금 매칭이 잡힌 것 같습니다!"

사무원의 말에 의자에서 일어나려던 성준의 움직임이 멈췄다.

"일정은 어떻게 됩니까?"

"매칭된 파티원이 펑크를 내면서 발생한 인원 보충 요청입니다. 그래서 지금 당장 출발해야 하는데…… 괜찮으시겠습니까?"

사무원이 조심스럽게 물었다. 이틀 동안 쉬었다고는 하지만 보통 던전을 클리어하게 되면 더 오래 쉬는 헌터가 많았기 때문이었다.

"저는 끄떡없습니다. 일정 잡아주세요."

성준은 흔쾌히 고개를 끄덕였다. 무한 동력에게 불가능은 없다. 지금 성준에겐 자신감이 넘쳤다.

어느 B급 던전의 앞에 헌터로 보이는 두 남녀가 서서 누군가를 기다리고 있다.

"병철아, 매칭 잡힌 거 확실해?"

기다림에 지쳐 먼저 입을 연 사람은 현대와 어울리지 않는

로브 차림의 여성이었다.

"던전 관리국으로부터 연락을 받았습니다. 서주연 씨, 조금만 기다려 보시죠."

대답한 이는 병철이라는 이름의 남성이었다. 그는 방패와 검을 들고 있었고 전체적으로 차분한 분위기를 풍겼다.

"입고 있는 아이템이 너무 더운데……."

주연의 불평에도 불구하고 병철은 입가에서 미소를 지우지 않았다.

"영서가 빠지는 바람에 개고생이네."

주연은 입술을 삐쭉 내밀었다. 두 사람은 중위권 길드인 '피닉스'의 소속이었고 주연은 간부였다.

같은 길드의 소속인 영서와 함께 길드 파티를 구성했지만 그가 급한 사정으로 합류하지 못했고 다른 길드원들의 사정도 여의치 않아서 인원 보충을 위해 던전 관리국에 매칭을 요청했었다.

"누가 옵니다."

"내가 마법계고 네가 전투계니까, 이제 회복계가 오면 완벽해!"

회복계 헌터가 있으면 공략이 편한 건 모든 헌터가 알고 있는 사실이었다. 점차 가까워지는 헌터의 모습을 주연은 기대감 어린 눈동자로 바라보았다.

하지만 헌터의 얼굴을 알아본 주연은 실망하고 말았다.

"그 사람 아니야?"

헌터닷컴에서 본 일명 '정당방위 사건'을 떠올린 그녀는 '레전설'이라는 별명을 차마 입에 올리지 못했다.

"우리 잘할 수 있을까?"

"매칭이 끝나고 이탈하면 페널티가 엄청나다는 걸 아시잖습니까?"

병철은 잠시 말을 멈췄다. 성준이 다가오고 있지만 아직 거리가 있었다. 작은 목소리라면 들리지 않을 것 같았다.

그는 다시 입을 열었다.

"그리고 요즘 강성준 씨의 행보가 심상치 않습니다. 말조심하는 게 좋을 것 같습니다. 레전설이라는 별명은 강성준 씨의 기분을 상하게 할 수도 있습니다."

"눈치를 너무 보는 거 아니야?"

"후우! 강성준 씨가 길드의 스카웃 대상으로 검토되고 있다는 걸 아시잖습니까……."

병철의 말에 주연은 뒤늦게 기억을 되살리고는 입을 다물었다. 그사이 성준이 다가왔다.

"반갑습니다. 강성준입니다."

"서주연이에요."

"지병철입니다."

통성명이 끝나고 각자의 역할이 정해졌다. 직원이 던전의 문을 열자 그들은 내부로 진입했다.

"조명 드론을 꺼내겠습니다."

"그럴 필요 없어요. 내가 마법계니까."

성준이 가방을 열려는 순간, 주연이 스태프를 흔들자 환한 빛이 여러 개 생성되었다.

"이제 가죠."

"강성준 씨, 제가 선두를 맡을 테니 주연 씨의 호위를 부탁드려도 되겠습니까?"

"그럴 필요 없습니다. 저는 '힐러'로 이곳에 왔으니까요."

성준의 대답에 주연의 얼굴이 굳었다.

'무슨 생각하는지 다 보인다!'

성준은 고개를 저었다. 급속도로 냉각되는 분위기에 병철이 다급하게 입을 열었다.

"다들 너무 걱정하지 마십시오. 방패술에는 자신이 있으니까 '힐'은 필요 없을 겁니다."

B급 전투계 헌터인 병철은 자신감 넘치는 목소리로 분위기를 환기시켰다. 그들은 던전의 깊은 곳을 향해 발걸음을 옮겼다. 초입에선 마물이 등장하지 않았지만 10분 정도 분주히 발걸음을 옮기자 성준의 예리한 감각에 다수의 기척이 감지되었다.

"옵니다. 수는 열일곱."

"탐지 마법에는 이상이 없는데요?"

데엥!

주연의 말이 끝나기 무섭게 항의라도 하는 듯 탐지 마법이 종소리로 마물의 접근을 경고했다.

17마리의 마물은 모두 오크였다. 그들은 대열에 접근하기도 전에 주연이 시전한 화염 마법에 전멸했다.

"대단합니다, 강성준 씨! 어떻게 아신 겁니까?"

전투가 끝나고 병철이 성준을 보며 물었다. 차분했던 그가 진심으로 감탄하고 있었다.

"발소리가 유난히 시끄러웠거든요."

성준은 적당히 대답하며 손을 살짝 들어 올렸다. 하지만 마력은 흡수되지 않았다.

'역시 내가 직접 죽인 경우에만 흡수할 수 있나 보네.'

불로소득을 기대할 수 없으니 귀찮더라도 전투에 참여할 이유가 생겼다.

깊숙이 들어갈수록 등장하는 마물의 수는 늘어났다. 기습적으로 출현하는 이들도 있었지만 성준이 미리 경고해 준 덕분에 피해를 면했다.

"여기서 잠깐 쉬는 게 좋을 것 같습니다."

병철은 검을 꽂아 넣고 방패를 내려놓았다. B급부터는 던전이 크게 넓어지고 출현하는 마물의 수도 많기 때문에 적당히 휴식 시간을 가질 필요가 있다. 성준과 병철, 그리고 주연은 조명을 가운데에 두고 둥글게 모여 앉았다.

"탐지 마법보다 뛰어난 기적 감지 능력이라니, 정말 대단합니다."

"강성준 씨 덕분에 아까부터 마력을 아끼고 있어요. 정말 고마워요."

병철은 감탄했고 주연도 입가에 미소를 머금었다.

"감사합니다."

칭찬은 사람을 춤추게 한다.

성준이 미소를 머금은 채 고개를 끄덕이려는 순간이었다. 또다시 다수의 기척이 느껴졌다.

'마, 많아!'

성준은 옆에 놓아두었던 검을 급히 찾아 뽑아 들며 입을 열었다.

"마물입니다! 엄청 많아요!"

병철과 주연도 날렵하게 움직였다. 그들은 각자의 무기를 들고 대응 태세를 갖췄다. 그리고 그들을 향해 오크들이 붉은 눈을 번뜩이며 모습을 드러냈다.

4장
무한 동력

"파이어 스웜!"

주연이 시전한 마법이 석실 안을 휩쓸었다. 분노한 군중처럼 일어난 거대한 화염은 모든 것을 집어삼킬 듯했다.

하지만 뜻대로 되지 않았다.

"쿠워어어!"

오크 주술사가 펼친 방어 주술이 주연의 화염 마법을 '완전히' 막아냈다.

"오크 주술사가 있습니다. 제가 처리하겠습니다!"

"위험합니다!"

병철도 던전 관리국 로비에서 벌어진 일을 알고 있었지만 B급 던전에서 대열을 벗어나는 것은 위험했다.

그는 다급하게 말리려 했지만 이미 성준은 대열을 벗어나고 있었다.

"쿠워어어!"

대열을 벗어나기 무섭게 오크 다섯이 성준을 포위했다.

"주연 씨! 어서 마법으로 강성준 씨를 도와주세요!"

"무리야! 오크 주술사 셋이서 내 마법을 차단하고 있어!"

오크 주술사가 혼자였다면 주연의 마법 공격이 어렵지 않다. 하지만 둘 이상의 오크 주술사가 마법 차단을 시도한다면 마법 시전 자체가 어려워진다.

그래도 주연의 마법을 차단하느라 오크 주술사 셋이 공격 주술을 펼치는 일은 없었다.

"제, 제기랄!"

오크들의 공격에서 주연을 지키기 위해 차분한 모습을 보이던 병철의 입 밖으로 욕설이 튀어나왔다.

당장 성준을 도와주고 싶었지만 주연을 지켜야 했다. 어쨌거나 성준은 오늘 처음 만난 것에 불과하지만 주연은 같은 길드의 간부였으니까.

성준은 우선순위에서 밀릴 수밖에 없었다.

"쿠워어어!"

성준을 포위한 다섯 오크는 자기들만의 신호를 주고받더니 일제히 덤벼들었다. 위태로운 상황 속에서.

'한계를 조금만…….'

넘지 않으면 죽는다!

성준은 스스로 제한했던 한계를 조금 넘기로 했다. 그리고 리미트를 일부 해제한 순간, 오크들의 움직임이 보였다.

짧은 순간이었지만 전생의 기억이 판단하기엔 충분했다.

하나는 머리, 하나는 목, 하나는 허리, 하나는 왼발.

그리고 마지막 하나는 오른팔을 노렸다.

'사각은 없다! 그렇다면!'

생사의 경계에 선 지금, 잠들어 있던 실전의 경험이 깨어났다.

'왼발이다!'

성준은 왼발을 노리는 검을 부드럽게 흘리며 자세를 낮춘 뒤, 허리를 노리는 오크에게 파고들어 발을 걸었다.

"쿠워어어!"

오크가 넘어지는 순간 그의 몸을 밟고 뛰어올라 포위에서 벗어났다.

"맙소사! 어떻게 저런 움직임…… 가능할 리가 없는데……!"

혼잡한 전투 중에도 성준의 움직임은 돋보였다. 포위에서 벗어난 그의 시선이 어딘가로 향했다.

본능이 말했다.

저기에 오크 주술사들이 있다!

'주술사들을 처리해야 한다.'

성준은 짙은 마력의 기운이 느껴지는 방향으로 몸을 던졌다. 대검을 든 오크 둘이 막아섰다.

"하앗!"

기합과 함께 내찌른 검이 오크의 심장을 꿰뚫었다. 다른 오크가 뒤늦게 방어 태세를 갖췄지만 결과는 달라지지 않았다.

성준은 부드러운 기교로 오크의 검격을 흘려보냈다. 오크의 검이 성준의 검을 타고 미끄러지면서 방어 자세는 무너졌고, 성준은 그 틈을 노렸다.

오크의 목에 붉은 선이 생겼다. 놈이 뜨거운 선혈을 쏟아내며 힘없이 쓰러졌다.

'찾았다!'

쓰러지는 오크의 시체 너머로 주술사들이 보였다.

성준은 곧바로 움직였다. 마력을 흡수하는 것도 잊지 않았다. 한계를 넘으면서 찾아온 고통은 사라지지 않았지만 소모된 체력과 마력이 회복되었다.

"힐!"

고통조차도 힐을 사용하자 많이 잦아들었다. 성준은 또다시 앞을 막아서는 오크 셋을 모조리 베고 주술사들을 향해 몸을 날렸다.

주술사들은 주연과 치열한 마법전을 벌이느라 성준의 접근을 알고도 대응하지 못했다. 그들의 집중이 흐트러지는 순간,

주연의 마법이 오크 무리를 덮칠 것을 아는 것이다.

성준을 막기 위해 달려온 오크 셋도 허무하게 죽임을 당했다.

"쿠, 쿠워……."

오크 주술사 셋의 목숨을 거두는 검에 망설임은 없었다.

"흡수."

손을 들어 올리자 성준이 처리한 오크들의 시체에서 마력이 피어올라 그에게 흡수되었다. 소모된 체력과 마력이 회복되었다.

전신을 채우는 충만함에 미소가 번졌다.

"처치했습니다!"

"이쪽으로!"

성준이 몸을 빼자 주연의 마법이 작렬했다. 작은 불꽃에서 시작된 화염은 사방으로 퍼져 나가 오크들을 집어삼켰다.

"쿠워어어어!"

불길에 휩싸인 오크들이 고통을 이기지 못하고 돌바닥을 뒹굴었지만 마법의 불꽃이 꺼질 리가 없다. 수십 오크 무리의 절반이 새까만 재가 되었다.

'이게 회복계보다 더 희귀하다고 하는 마법계의 힘인가…….'

성준은 마법계 헌터의 전투를 보는 게 처음이었다. 마법계 헌터들은 레이팅이 높은 경우가 대부분이라서 과거의 그들은 성준과 마주칠 일이 없었다.

"병철아!"

누군가 쓰러지는 듯한 소리와 함께 주연의 날카로운 외침이 허공을 갈랐다. 성준의 시선도 두 사람이 있는 곳으로 향했다. 피투성이가 된 병철을 주연이 부축하고 있었다. 병철이 흘린 피가 작은 웅덩이를 만들 정도로 출혈이 심했다.

성준은 검에 묻은 피를 한 차례 털어낸 뒤 주변을 살폈다. 오크들의 수가 많이 줄어서 여유가 생겼지만 아직 전투는 끝나지 않았다.

'지병철은 싸울 수 없다. 주연이 없으면 던전 공략이 힘들고 그녀는 보호가 필요하다…… 그렇다면…….'

성준은 빠르게 판단했다. 전생을 각성한 이후, 그에게 망설임은 없었다.

"제가 딜탱을 맡겠습니다!"

오크들이 주연을 노리고 있다. 그녀가 다급하게 소환한 파이어볼이 오크 하나를 쓰러뜨렸지만 여전히 두 녀석이 그녀를 노렸다.

성준은 바닥에 뒹굴고 있는 창을 주워 던졌다. 수십 년간 단련한 것 같은 자세로 던진 창이 오크의 머리를 정확하게 꿰뚫었다.

"쿠워어어!"

남은 오크의 시선이 성준에게 향했다. 성준은 주연을 보호하기 위해 달려갔다.

"세, 세상에……."

앞을 막는 오크들을 모조리 베어내며 질주하는 그 모습은 '전신'이라는 말이 어울릴 정도였다.

"쿠워어어어!"

남은 오크는 다섯. 협공을 위해 움직였으나 성준이 먼저 눈치챘다. 그는 오크들이 뜻대로 하게 놔두지 않았다.

"하앗!"

성준이 굴러다니는 짱돌을 던졌다. 어찌나 세게 던졌는지 오크의 머리통이 수박처럼 박살 났다. 그래서 합격진이 무너졌고 성준은 그들을 하나씩 처리했다.

이 모든 것이 끝날 때까지 주연과 병철은 멍하니 그를 바라보고만 있었다. 투박해 보이지만 지극히 실전적인 검술을 펼치는 성준의 모습은 베테랑 전투계 헌터라고 착각될 정도였다.

"흡수."

전투가 끝나고 성준이 손을 들어 올리자 시체들에서 마력이 피어올라 흡수되었다. 동시에 소모된 체력과 마력이 회복되었다. 전생의 기억도 선명해진 듯한 기분이 들었다.

전투를 끝낸 성준은 서둘러 병철에게 다가갔다.

"지, 지혈제를……."

병철은 과다 출혈로 인해 덜덜 떨리는 손으로 지혈제를 찢고 있었다.

"제가 하겠습니다."

성준은 병철의 상처 부위를 향해 손을 뻗었다. 전생을 각성한 이후 자신의 '힐'로 중상자를 치유한 적은 없었지만 묘한 자신감이 흘러넘치고 있었다.

"하, 하지만 당신의 힐량으로는……."

무시하는 기색은 없었기에 성준은 입가에 미소를 그린 채 말없이 마력을 끌어 올렸다.

"힐!"

백색의 빛이 상처에 깃들자 먼저 출혈이 멎었다. 그리고 생명을 위협하던 상처가 치유되기 시작되었다.

"이, 이럴 수가!"

"힐량이……?"

평범한 B급 회복계 헌터보다 월등한 힐량에 두 사람이 경악했다. 성준도 인정받는 것 같아서 기분은 좋았지만 엄청난 마력 소모 탓에 웃음이 나오지 않았다.

'전생을 각성한 이후, 힐도 변했다.'

확실하지는 않지만 힐량이 비정상적으로 높아졌다. 힐량이 높아졌으니 마력 소모가 늘어나는 것은 당연한 일이었다.

"중상입니다. 상처가 어느 정도 회복되려면 1시간 30분은 걸릴 것 같습니다."

"평범한 B급 회복계였다면 3시간이 걸렸을 겁니다."

"굉장해요. 이런 속도는 처음이에요."

주연이 소속된 길드에도 회복계 헌터는 몇 명 있었다. 그들과 파티를 맺은 적이 있기 때문에 효과를 대충은 알고 있었는데, 성준의 힐만큼 뛰어난 것은 본 적이 없었다.

"이 정도면 B급 회복계 중에서도 최상위로 분류될 정도입니다. 거기에 탐지 마법보다 뛰어난 기적 감지까지⋯⋯ 정말 대단합니다."

"방금 보니까 검술 실력도 좋은 것 같던데⋯⋯ 강성준 씨 회복계 맞아요?"

주연의 물음에 성준은 미소를 지었다. 극악으로 낮았던 힐량 탓에 무시당했던 과거가 떠오른 것이다.

"일단은 힐러라고 해두죠."

성준의 예상대로 1시간 30분 정도가 지나자 병철의 상처가 전투가 가능할 정도로 회복되었다. 일반적인 상처가 아니라 생명이 위태로운 정도의 중상이었기 때문에 회복하는 데 시간이 오래 걸렸다.

"레이팅이 많이 내려가겠지만 포기하는 게 좋지 않겠습니까?"

휴식이 끝나고 다시 움직이려는 찰나, 병철이 조심스럽게 의견을 내놓았다.

그 말에 성준은 주연을 향해 시선을 옮겼다.

"어떻게 하지……."

그녀도 공략 포기를 진지하게 생각하고 있는 듯한 표정이었다. 성준은 입술을 살짝 깨물었다. 던전 공략을 중간에 포기하면 레이팅이 정말 많이 떨어진다. 과거 성준의 레이팅이 회생이 불가능할 정도로 엉망이었던 이유도 공략 포기가 빈번했었기 때문이었다.

'어떻게 올린 레이팅인데…… 이대로 포기할 순 없어.'

성준은 입술을 살짝 깨물었다. 생각을 정리한 그는 병철과 주연을 번갈아 보며 입을 열었다.

"제가 선두에 서겠습니다."

"하지만 회복계가 선두에 서는 건……."

병철이 만류했다. 성준이 가늘게 웃으며 말했다.

"제가 평범한 회복계 헌터로 보이십니까?"

성준의 말에 그제야 병철의 입가에도 미소가 번졌다. 탐지 마법보다 뛰어난 기척 감지와 검성이 강림한 듯한 깔끔하고 치명적인 검술은 성준이 평범한 회복계 헌터가 아니라는 것을 증명해 주었다.

"그리고 두 분도 레이팅이 떨어지는 건 싫죠?"

"물론이죠. 레이팅 다시 올리는 게 얼마나 힘든데……."

주연이 대답했다. 성준은 솔플을 했기 때문에 밑바닥에서 치고 올라올 수 있었지만, 일반적인 매칭으로 떨어진 레이팅을 다시 올리는 건 힘든 일이다.

비슷한 실력의 헌터들끼리 매칭되기 때문이다. 최악의 경우 '트롤'이라고 불리는 이상한 파티원들을 만나서 '심해'라고 불리는 밑바닥까지 추락하는 경우도 생긴다.

게임과 달리 목숨이 걸린 일이기 때문에 대부분이 실력 부족으로 인한 트롤링이지만, 고의 트롤링도 분명 존재한다. 다만 그런 경우 실력 좋은 사이코패스이기 때문에 트롤링으로 인해 본인이 죽는 일은 없다고 한다.

'나도 심해였었지.'

성준은 과거를 떠올리며 쓴웃음을 감췄다.

"제가 캐리하겠습니다."

'캐리'는 개인의 활약으로 파티를 공략 성공까지 견인한다는 용어였다.

성준의 자신감 넘치는 모습에 병철과 주연은 마른침을 삼켰다. 그들의 눈에는 우려가 아닌 선망이 가득했다.

전투계라고 해도 믿을 정도의 신체 능력과 높은 힐량. 어쩌면 가능할지도 모른다고 생각했다.

"다만, 공짜는 아닙니다. 정산금을 분배할 때 제 몫을 조금 더 인정해줬으면 합니다."

"33%에서 17%를 추가로 인정해 드릴게요."

결정권은 가지고 있는 파티장, 주연이 추가 배분을 약속했다. 공략 포기로 인해 레이팅이 내려가는 것보단 낫다고 판단한 것이다. 성준은 혹시라도 주연이 말을 바꿀지도 모른다고 생각하여 녹음까지 끝냈다.

"지병철 씨는 서주연 씨의 경호를 부탁합니다."

"맡겨주십시오."

성준은 자신의 전투력을 잘 알고 있었다. 전생 각성 이후 수련을 통해 신체가 많이 활성화된 상황이었지만 여전히 전생 시절에 비하면 부족했다. B급 던전을 안전하게 공략하기 위해서는 주연의 마법 지원이 필요했다.

"탐지 마법은 괜찮습니다. 서주연 씨는 공격 마법에 집중해 주세요."

"강성준 씨를 믿을게요."

기척을 감지하는 성준의 능력은 조금 전까지 던전을 공략하면서 증명되었기 때문에 주연은 순순히 그의 뜻에 따랐다.

조금 전의 전투에서 활약한 덕분에 성준에 대한 주연과 병철의 신뢰는 크게 높아져 있었다.

"옵니다! 수는 열둘!"

전방에서 움직임이 느껴졌다. 마물들은 나름 기습을 생각한 것인지 은밀하게 움직이고 있었지만 성준의 감각을 속일 수는 없었다.

"조명을 보낼게요!"

주연이 마법의 빛을 전진시키자 어둠이 걷히면서 마물들의 모습이 드러났다.

"트롤 넷에 오크 여덟! 지병철 씨! 방어는 맡기겠습니다!"

성준이 마물들을 향해 마치 총알처럼 쇄도했다.

"파이어 애로우!"

화염을 머금은 화살 다섯 발이 허공에 생성되었다가 오크들을 노리고 날아갔다. 오크 다섯이 흉부나 복부를 꿰뚫린 채 불길에 휩싸였다.

"쿠워어어!"

"방해다!"

성준은 차갑게 내뱉으며 날렵한 움직임으로 오크들의 검격을 회피했다. 그리고 전생의 경험이 녹아 있는 걸음을 밟으며 오크들에게 깊숙이 파고들어 검을 휘둘렀다.

세 번 휘두르자 오크 셋이 목에서 피를 쏟아내며 쓰러졌다. 성준의 시선이 트롤들에게 향했다.

'남은 건 넷!'

그는 오크들의 시체에서 마력을 흡수한 뒤 트롤들을 향해 달렸다.

트롤 넷이 창을 찔러왔다. 모두 급소를 노리고 있었다. 성준은 침착하게 뒤로 한 걸음 물러나며 세 개의 창을 회피했고, 피할 수 없었던 하나는 검면으로 부드럽게 흘려냈다.

그리고 빠르게 걸음을 옮겨 맨 앞의 트롤과의 거리를 순식간에 좁힌 뒤 검을 내질렀다. 정확히 심장을 노린 일격이었고 빗나가지 않았다.

"크에엑!"

재생력이 뛰어난 트롤이지만 파괴된 심장이 재생되지는 않는다. 심장이 찔린 트롤은 짧은 비명과 함께 힘없이 쓰러졌다.

뒤에서 전투를 지켜보고 있던 주연은 스태프에 모았던 마력을 거두었다. 근접전 중에 마법 지원은 성준을 다치게 할 수도 있다. 그리고 사실 지원이 필요 없는 상황 같았다.

"병철아, 어떤 것 같아?"

"단순히 전투계 쪽의 능력만 봐도 저보다 강합니다."

"그 정도야?"

병철의 대답에 주연은 깜짝 놀라 되물었다. 병철은 고개를 끄덕이며 입을 열었다.

"난전 중에 급소를 정확하게 노리는 건 전투계 중에서도 베테랑 헌터들만 가능한 기술입니다. 말로는 쉽지만 결코 쉬운 게 아닙니다."

"베테랑 헌터들이나 가능한 기술이라고? 하지만 강성준 씨는 회복계 헌터로 각성했잖아?"

"얼마 전까지만 해도 C급 헌터였지만, 실상은 D급보다도 못한 신체를 가지고 있었다고 합니다."

"대단해…… 그 짧은 시간 동안 이 정도라니……."

두 사람이 대화를 나누는 동안 성준은 남은 트롤을 모두 죽였다.

"흡수."

마력을 흡수하는 것 또한 잊지 않았다. 체력과 마력이 회복되면서 동시에 전생의 기억이 조금 더 선명해졌다.

"서주연 씨, 저건 뭡니까?"

성준이 마력을 흡수하는 모습을 유심히 관찰하고 있던 병철이 주연을 보며 물었다.

"마력 흡수인 것 같은데?"

"마법계 헌터 중에서도 특이 체질만 가능한 희귀 능력 아닙니까?"

병철의 말에 주연은 고개를 끄덕였다.

"맞아."

병철은 경악하는 것을 넘어서 두려움을 느꼈다.

전투계 수준의 검술 실력과 동급의 회복계를 상회하는 힐량에 마법계 중에서도 희귀한 마력 흡수까지!

이제는 보조계의 버프 능력까지 감추고 있을 것 같았다.

"특별하다……."

병철은 자신도 모르게 생각을 내뱉었다.

그렇다. 성준은 특별한 헌터다.

그 후, 오크와 트롤로 구성된 마물 무리와 2번 정도 전투를 치르자 B급 던전에 걸맞는 상대들이 나오기 시작했다.

'리빙 아머……'

어둠 속에서 모습을 드러낸 압도적인 존재감의 마물들은 살아 움직이는 갑옷, 리빙 아머였다. 오러와 마법이 아니면 상대하기 귀찮을 뿐만 아니라 그들과 좋은 기억이 없기도 하였기 때문에 성준은 눈살을 찌푸렸다.

모습을 드러낸 리빙 아머는 셋. 하지만 아직 성준과 파티원들을 인식하지 못한 것인지 공격해 오지 않았다.

"지병철 씨, 오러를 사용할 수 있습니까?"

병철은 고개를 저었다.

"유감스럽게도 사용 못 합니다."

헌터들은 무기에 일정량의 마력을 실어서 마물에게 치명상을 입힐 수 있지만 다량의 마력을 날카롭게 다듬는 오러를 사용할 수 있는 전투계 헌터는 흔치 않았다.

"설마 오러까지 사용할 수 있는 겁니까?"

"아주 잠깐 동안이라면 사용할 수 있습니다."

성준은 자신의 한계를 잘 파악하고 있었다. 현재의 몸 상태로 오러를 사용하면 몸에 심한 부담이 가해질 것이다.

"맙소사, 오러까지 사용할 수 있다니! 당신은 도대체……"

병철은 감탄을 넘어서 경악했다.

오러는 강철마저 종이처럼 잘라내는 날카로운 마력의 칼날이다. 이론은 간단하지만 마력을 다루는 섬세한 기교가 요구되기 때문에 고등 기술로 분류된다.

성준이 전생을 각성하면서 깨어난 기억에 로우켈이 수십 년의 수련으로 깨우친 오러를 다루는 방법이 섞여 있었다. 그래서 성준은 오러를 다룰 수 있었지만, 전생 시절과 다른 신체 조건 때문에 몸에 부담이 가는 건 어쩔 수 없다.

"몇 초가 한계입니다."

성준은 겸손하게 말했지만 실전에서 몇 초면 상대방의 목숨을 앗아 가기에 충분한 시간이다.

"우선은 리빙 아머부터 정리합시다."

성준이 말했다. 말리지 않는다면 병철의 감탄사는 끝없이 이어질 것만 같았다.

"내가 하나는 확실하게 처리할 수 있어요. 문제는 다음 캐스팅까지 나머지 둘이 접근할 것 같다는 말이죠."

"제가 탱킹을 해보겠습니다."

병철은 자신감을 고양시키기 위해서 검으로 방패를 두드렸다.

"저는 일단 '본업'에 집중하겠습니다."

성준이 말했다.

치명적인 검술 실력 탓에 모두가 잊고 있었지만 성준은 회복계 헌터였다.

"그럼 시작할게요."

주연의 말에 성준과 병철은 고개를 끄덕이는 것으로 준비가
끝났다는 사실을 알렸다.

철그럭.

주연이 캐스팅을 시작한 순간 3기의 리빙 아머가 일제히 검
을 들어 올리며 전진했다. B급 마물 중에서도 느린 편에 속하
는 리빙 아머답게 빠르지 않았지만 위압적이었다.

"파이어 스피어!"

캐스팅이 끝나고 시동어와 함께 마법이 완성되었다. 화염의
창이 앞에서 달려오던 리빙 아머의 흉갑을 꿰뚫었다.

"하나 제거!"

주연이 신나서 소리쳤다. 하지만 아직 둘이 남았다. 병철은
그들의 앞을 막고 방패를 들어 올렸다.

휙!

리빙 아머가 휘두른 검이 방패를 강타했다. 검에 실린 힘 탓
에 병철의 몸이 흔들렸다. 그 틈에 다른 리빙 아머가 그의 옆
구리를 깊이 베었다.

"큭!"

"힐!"

기습을 당했을 때와 달리 거리가 가까웠다. 성준은 망설임

없이 힐을 사용했다. 백색의 빛이 병철의 상처를 치유하기 시작했다. 바로 완치되진 않았지만 상처로 인한 제약이 상당히 사라진 덕분에 다음 공격은 피할 수 있었다.

"덕분에 살았습니다!"

다급한 전투가 이어지는 중에도 병철이 감사를 표했다.

"병철아, 물러나!"

주연이 다시 마법을 완성했다. 그녀의 신호에 맞춰 병철이 물러나자 파이어 스피어가 리빙 아머의 흉갑을 꿰뚫었다. 이제 리빙 아머는 한 기만 남았다. 병철이 방패로 공격을 막아내는 사이, 성준이 재빠르게 파고들어 갑옷 틈을 찔러 핵을 파괴했다.

"보스방입니다."

4기에서 5기 정도로 구성된 리빙 아머 무리 셋 정도를 제거하자 보스방이 모습을 드러냈다.

"보스가 리빙 아머 계열만 아니었으면 좋겠어요."

주연이 말했다.

리빙 아머 계열의 보스는 상대하기 까다롭다. 성준은 말없이 고개를 끄덕이며 장치를 작동시켜 문을 열었다. 거대한 철문이 녹슨 소리와 함께 천천히 열렸다 주연이 날린 마법의 빛이 어둠을 걷어내면서 보스가 모습을 드러냈다.

-불청객들이여, 환영한다! 나 벨로닌의 검이 그대들을 맞이

하리라!

마법으로 만들어진 목소리가 넓은 공동에 울려 퍼졌다.

"리빙 아머입니다."

병철의 말에 성준은 고개를 끄덕이며 입을 열었다.

"그것도 자아가 있는 종류인 것 같습니다. 귀찮게 되었습니다."

자아가 있는 리빙 아머의 경우 평범한 리빙 아머 계열의 보스보다 검술 실력이 뛰어나다. 리빙 아머 계열 보스 벨로닌은 검을 뽑고 천천히 접근하기 시작했다.

"우선 패턴을 파악해야겠습니다. 지병철 씨, 탱킹을 부탁합니다. 서주연 씨는 명중률이 높은 유도 마법으로 견제 지원을…… 저는 뒤에서 치유 지원을 하겠습니다."

파티장은 주연이었지만 어느새 성준이 자연스레 지휘하고 있었다. 병철과 주연도 불만 없이 따랐다. 던전에서 성준의 활약이 두 사람에게 깊은 신뢰를 심어준 것이다.

그들은 오늘 처음 만났지만 죽을 고비를 함께 넘기면서 서로를 신뢰하게 되었다.

-불청객들이여, 심판의 검을 받아라!

벨로닌이 근접했다. 주연이 파이어 스피어를 날렸지만 벨로닌은 리빙 아머답지 않은 날렵한 움직임으로 회피한 뒤 병철을 노렸다. 병철은 방패를 들어 올렸다.

찰나의 순간, 성준은 병철을 노리는 벨로닌의 검에 깃든 마력을 알아보았다.

"지병철 씨! 오러입니다!"

성준의 경고에 병철은 급히 몸을 숙였다. 등급이 높은 아이템이 아니라면 두꺼운 철방패도 오러가 깃든 칼날 앞에서는 얇은 종이나 마찬가지다.

"크윽!"

예상대로 오러가 깃든 칼날 앞에서 방패는 소용없었다. 방패는 허무하게 잘려 나갔고, 벨로닌의 칼날은 병철의 머리가 있던 곳을 가르고 지나갔다.

벨로닌이 검을 회수하는 사이 병철은 뒤로 한 걸음 물러났다.

"감사합니다! 강성준 씨가 아니었으면 제 머리가 날아갈 뻔했습니다!"

병철은 뒤로 한 걸음 물러나면서 성준에게 감사를 표했다. 주연은 다시 한번 파이어 스피어를 날렸지만 벨로닌은 오러가 깃든 검을 휘둘러 파이어 스피어를 베었다.

-오호라! 마법사가 있었군! 하지만 나의 검 앞에서는 무의미하다!

벨로닌이 주연을 향해 달리기 시작했다. 그 속도가 다른 리빙 아머와는 비교도 되지 않을 정도로 빨랐다.

"지나갈 수 없다!"

지병철이 벨로닌의 앞을 막아섰으나……

"크악!"

벨로닌이 휘두른 검에 왼팔이 잘리고 말았다.

벨로닌은 거기서 멈추지 않고 날렵하게 검을 휘둘러 연속 공격을 감행했다. 왼팔이 잘려 나가면서 느껴지는 아득한 고통 속에서도 병철은 급히 뒤로 몸을 뺐다. 하지만 흉부와 복부에 깊은 상처가 생기는 것은 피할 수 없었다.

"힐!"

성준은 다급히 힐을 시전했다. 병철의 부상은 빠른 속도로 회복되기 시작했지만 잘린 팔은 되살아나지 않았다.

그리고 벨로닌은 주연을 노리고 있다.

"정예 보스가 분명해요!"

주연이 경고했다. 정예 보스는 희귀한 확률로 출현하며 평범한 보스에 비해 월등히 높은 전투력을 가지고 있다.

"가, 강성준 씨…… 커헉!"

벨로닌의 발에 걸어차여 붉은 피를 뱉으며 병철이 쓰러져 나뒹굴었다. 그는 말을 끝맺지 못했지만 주연을 보호해 달라는 의미는 전달되었다. 성준은 주연을 향해 매서운 속도로 돌진하는 벨로닌의 앞을 당연하다는 듯 막아서며 검을 뽑아 들었다.

'과연 할 수 있을까……?'

문득 든 생각이었다. 전투계 헌터로 경험이 많은 병철조차 허무하게 당했다.

하지만 곧 그의 입가에 자신감 넘치는 미소가 번졌다.

'그래, 나는 검성의 환생이다.'

내면에 잠들어 있던 전생이 다시 고개를 들었다.

"적은 철저하게 짓밟을 뿐이다."

혼잣말과 함께 벨로닌을 향해 몸을 던졌다. 그것은 본능에 가까웠다. 그 본능엔 수십 년간 전장에서 살아온 경험이 담겨 있었다. 다른 사람이 보기에는 단순히 몸을 던지는 것처럼 보였지만 벨로닌의 허를 찌르고 있었다.

-이, 이것은 검성 로우켈의……!

하찮은 마물 주제에 당황한 기색이 엿보였다. 성준은 싸늘한 시선을 흩뿌리며 벨로닌의 갑옷 틈새를 노렸다.

-소용없다!

벨로닌은 성준의 검을 쳐내고 즉시 반격했다. 성준의 왼쪽 허벅지에 상처가 생겨나고 붉은 피가 흘러내렸다.

"힐!"

그는 교란을 위해 검을 휘두르며 '힐'을 사용해 상처를 치유했다. 깊은 상처가 아니라서 금방 회복되었다. 상처를 회복한 성준은 다시 벨로닌과 검을 주고받았다.

"큭!"

벨로닌의 검술 실력도 뛰어났다. 성준은 각성이 완전하지 않은 탓에 상처가 늘어가고 있었다. 복부가 찔려 장기에 미약한 손상을 입었고 오른쪽 허벅지도 깊게 베였다. 하지만 성준은 여유를 잃지 않았다.

"힐!"

치유하면 되니까.

바로 완치되지는 않았지만 지혈이 되고 상처가 아물기 시작하면서 전투를 지속할 수 있게 해주었다. 오면서 마물들을 처치하여 그들의 마력을 흡수했기 때문에 힐을 꽤 많이 사용했음에도 불구하고 마력은 던전 초입과 다를 바 없을 정도로 많이 남아 있었다.

"파이어 스피어!"

성준이 완전한 치유를 위해 한 걸음 물러서자 주연이 마법으로 엄호했다.

-이 바퀴벌레 같은 녀석아! 비겁하게 그러지 마라!

조금이라도 부상을 입으면 주연의 엄호를 받으며 뒤로 물러나 회복하는 성준의 모습에 벨로닌이 분노했다.

'이대로는 끝이 없다.'

벌써 꽤 많은 공격을 주고받았고 성준은 벌써 '힐'을 10번 넘게 사용했다. 다른 마물을 처리하면 마력을 회복할 수 있지만 보스방에는 유감스럽게도 벨로닌밖에 없다. 그럼 곧 마력이 바닥을 드러낼 것이다. 방법은 하나뿐이다.

"벨로닌이라고 했던가……? 정정당당한 승부를 원하나?"

성준은 검을 들어 올렸다.

-그렇다! 이 바퀴벌레 같은 녀석!

벨로닌의 대답에 성준은 입꼬리를 끌어 올렸다.

"좋아, 그렇다면 검성으로서 너를 상대해 주마."

대답과 함께 성준이 제한을 해제했다.

그리고 검성이 강림했다.

"사, 사라졌어?"

안전한 곳에서 창백한 얼굴로 전투를 지켜보고 있던 병철은 성준의 모습을 놓치고 말았다. 주연 역시 마찬가지였다.

성준이 다시 모습을 드러낸 곳은 벨로닌의 뒤였다. 그가 들어 올린 검에는 선명한 오러가 깃들어 있었다.

-이 녀석이!

벨로닌은 급히 검을 들어 올려 핵이 있는 급소를 방어했다. 하지만 유감스럽게도 급소를 노리려는 듯한 움직임은 페이크였다.

성준이 진짜 노린 곳은 검을 들고 있는 오른팔 부위의 갑옷이었다.

-제, 제기랄!

벨로닌이 뒤늦게 방어를 시도했지만 이미 성준의 검은 오른팔 부위의 갑옷을 베어낸 뒤였다.

놀라울 정도로 빠른 속도였다. 병철과 주연은 눈에는 잔상만이 흔들릴 뿐이었다. 오른팔 갑옷이 떨어져 나가면서 쥐고 있던 검도 나뒹굴었다. 벨로닌은 순식간에 공격과 방어를 취할 수단을 잃고 말았다.

그 모습을 본 병철은 경악했다.

"두려울 정도로 실전에 특화된 검술이다."

그는 마른침을 삼켰다. 소름 끼칠 정도로 날카롭다. 마치 수십 년간 전장에서 사람을 죽여온 이의 검술과도 같았다.

"끝이다."

성준이 벨로닌을 보며 종언을 선고하며 내찌르는 검에는 망설임이 없다. 오른팔을 잃고 검을 놓친 벨로닌은 저항조차 할 수 없었다. 오러가 깃든 검이 벨로닌의 핵을 꿰뚫자 요란한 소리와 함께 판금 갑옷이 무너져 내렸다.

"흡수."

성준은 벨로닌의 잔해에서 마력을 흡수하는 것도 잊지 않았다. 소모된 체력과 마력이 회복되었다. 정예 보스라서 그런지 체력과 마력의 회복량이 컸다.

하지만 그것과는 별개로 엄청난 고통이 찾아왔다.

"크, 크윽!"

신체의 활성화가 부족한 상태에서 일시적으로나마 검성의 힘의 일부를 사용한 대가였다. 성준은 '힐'을 시전했지만 고통은 쉽게 줄어들지 않고 5분 이상 지속되었다.

주연은 팔이 잘려 나간 병철을 살피느라 성준의 상태를 신경 쓰지 못했다.

'힐'을 여러 번 시전한 뒤에야 고통이 사그라들었다. 하지만 그것도 완전히 사라진 것은 아니었고 여전히 심한 통증이 남아 있었다.

'이번에는 좀 오래갈 것 같군.'

다행히 참을 수 있는 정도였다.

-공략 확인, 계측 완료. B급 던전을 클리어하셨습니다.

-새로운 아이템의 존재를 확인.

주머니에 넣어둔 계측기가 반응했다.

"새로운 아이템이라고……?"

벨로닌의 잔해는 완전히 사라졌고 그가 남긴 것은 없었다. 계측기를 들고 주변을 살폈지만 아무 반응이 없었다. 혹시나 싶어서 로엘에 계측기를 가져갔다.

삐빅!

[봉인된 로엘]

E급.

경량화 효과 확인.

잠재 능력 확인.

전생 각성 효과 확인.

추가 효과 알 수 없음.

F급이었던 로엘이 E급이 되었고 경량화 효과가 추가되어 있었다. E급의 경량화 효과는 별거 아닌 것처럼 보이지만 던전에서 꽤 유용하게 취급되는 옵션이다.

아이템 감정을 끝낸 그는 서둘러 병철에게 달려갔다.

"괜찮습니까?"

"네, 덕분에 살았습니다."

출혈이 멈추고 상처가 아물었지만 아직 성준의 능력으로는 잘린 팔을 재생시킬 수 없다. 힘없이 대답하는 병철의 얼굴에서 슬픈 기색이 엿보였다. 팔이 하나 잘렸으니 이제 B급 헌터로서의 인생은 끝났다고 봐도 과언이 아니다. 생사를 함께 넘었다고는 하지만 오늘 처음 만난 사이라서 그런지 안타까움 이상의 감정이 떠오르지는 않았다.

"병철아……."

"저는 괜찮습니다."

같은 길드 소속인 주연이 병철을 위로했다.

"제가 마정석을 회수하겠습니다. 그동안 서주연 씨는 지병철 씨와 함께 던전을 나갈 준비를 해주세요."

"알겠어요."

성준은 몸이 불편해진 병철을 배려했다.

그들은 마정석을 주운 뒤 던전에서 나왔다. 병철은 후속 조치를 위해 바로 병원으로 향했고 성준은 주연과 함께 마정석 매각을 위해 던전 관리국으로 이동했다.

주연이 파티장의 자격을 가지고 있었기 때문에 마정석 매각은 그녀가 진행했지만 성준이 옆에서 과정을 지켜봤다.

"마정석 매각으로 발생한 정산금은 3억 원입니다. 어떻게 처리해 드릴까요?"

"1억 5천만 원은 강성준 씨의 계좌로 입금해 주세요."

약속했던 대로 총 정산금의 절반이 성준의 몫이 되었다. B급 던전을 공략하는 데 9시간이 넘는 긴 시간이 걸렸지만 1억 5천만 원이라는 거금이 손에 들어오게 되자 감회가 남달랐다.

"수고가 많으셨습니다."

"저기, 잠깐만요."

작별을 고하며 먼저 발걸음을 옮기는 성준은 주연의 목소리에 멈춰 섰다.

"저한테 할 말이라도……?"

주연은 고개를 살짝 숙였다.

"우선은 고맙다는 말을 하고 싶어요. 강성준 씨의 치유가 아니었다면 병철이는 과다 출혈로 죽었을 거예요."

성준은 부드러운 목소리로 대답했다.

"같은 파티원에게 당연히 해야 할 일이었습니다."

주연도 미소를 지었다. 하지만 왼팔이 잘린 병철에 대한 생각 때문인지 얼굴 한편에서 근심을 엿볼 수 있었다.

그러나 곧 근심 어린 표정을 털어내고 품속에서 명함을 꺼내 성준에게 건네며 입을 열었다.

"피닉스는 은혜를 잊지 않아요. 강성준 씨의 활약으로 저뿐만 아니라 병철이도 목숨을 건졌으니, 기회가 된다면 보답하겠어요."

성준은 고개를 끄덕이며 대답했다.

"기억해 두겠습니다."

피닉스 길드는 중위권에 자리 잡은 길드지만 빚을 지게 만들어서 나쁠 건 없었다.

"오늘은 쉴 생각이죠? 특별한 일정이 없으면 저희 길드 하우스에 잠깐 들르는 건 어때요?"

"피닉스 길드 하우스 말입니까?"

"네, 길드 마스터님이 강성준 씨와 이야기를 나누고 싶어 하세요."

아마도 길드 가입 권유일 것이다. 하지만 유감스럽게도 성준은 아직 길드에 가입할 생각이 없었다. 길드에 가입하면 여러 혜택이 있지만 던전을 공략하고 받는 정산금의 일부를 길드세라는 명목으로 납품해야만 했다.

성준은 그게 마음에 들지 않았다.

"D급 던전에 솔플 일정을 잡을 생각입니다."

태연하게 엄청난 내용을 말하는 성준을 보며 주연은 깜짝 놀랐다.

"지금이요? 강성준 씨는 방금 B급 던전을 클리어하셨어요. 휴식이 필요할 텐데요."

던전 공략에는 상당한 체력이 소모된다. 소모된 체력은 '힐'로도 회복할 수 없기 때문에 헌터들은 던전을 한 번 공략하면 일정 시간을 푹 쉬면서 체력을 충전하곤 했다.

"체력은 충분합니다."

보스방에서 소모된 체력과 마력의 상당량이 벨로닌의 마력을 흡수하면서 회복되었다. 정신력은 회복되지 않았지만 D급 던전 하나 정도는 당장 공략할 수 있을 것 같았다.

"던전에서도 그렇지만 강성준 씨는 지치지 않네요."

"별거 아닙니다."

"겸손하시네요. 던전에서 목숨을 좌우하는 가장 중요한 요인 중 하나가 체력이에요."

던전에서 지치면 목숨을 잃은 확률이 높아질 수밖에 없다. 하지만 성준은 얼마 전에 깨달은 마력 흡수라는 능력 때문에 지치지 않는다.

"강성준 씨는 조금 더 자신감을 가질 필요가 있어요. 적어도 저는 강성준 씨가 얼마 지나지 않아서 한국 헌터 랭킹 30위권에 진입할 수 있을 거라고 생각해요."

주연의 말에 성준의 입가에 미소가 번졌다. 그는 대답하지 않았지만 부정하지도 않았다.

주연과 몇 마디 대화를 더 나눈 뒤 헤어진 성준은 솔플 일정을 잡기 위해 사무원을 찾았다.

"바, 방금 B급 던전을 공략하시고 나왔는데 휴식 없이 바로 진행해도 되겠습니까?"

D급 던전 솔플 일정을 잡기 위해 성준의 정보를 검색한 사무원은 그가 B급 던전의 공략을 끝낸 지 얼마 되지 않았다는 사실을 깨닫고 조심스럽게 우려를 표했다.

"상관없습니다. 그대로 진행해 주세요."

"진행하겠습니다."

일개 사무원에게는 헌터를 강제할 수 있는 권한이 없다.

"감사합니다."

성준은 짧은 인사를 건네고 사라졌다. 그리고 3시간 정도 시간이 지난 뒤 다시 던전 관리국에 나타났다.

"솔플 일정 잡으러 왔습니다."

D급 던전 일정이 잡히고 또 3시간에서 4시간이 지나자 모습을 드러냈다.

"솔플 일정이요."

밤늦게 솔플로 던전을 공략한 그는 다음 날 아침 일찍 던전 관리국을 찾았다. 그게 며칠간 반복되었다.

"솔플 일정 잡으러 오신 거죠?"

"네."

이제 직원들이 먼저 말을 걸 정도가 되었다.

성준은 지치지 않는, 정확히 말하면 마력 흡수를 통한 체력과 마력의 회복을 활용하여 최소한의 휴식을 제외하면 거의 쉬지 않고 던전을 공략하고 다녔다.

'새로운 치료를 받게 하려면 돈이 많이 필요하다.'

얼마 전에 아버지의 담당의와 면담을 했다. 그에게서 아버지가 앓고 있는 혈액암의 새로운 치료법이 나왔다는 이야기를 들었다.

가격은 매우 비쌌지만, 돈을 마련하는 게 불가능한 건 아니었다. 다만 신청 기한이 문제였다. 그래서 성준은 며칠 동안 쉬지 않고 던전 공략을 계속했다.

그렇게 5일이 흐르고 성준이 다시 던전 관리국에 나타났을 때였다.

"저기 봐, '무한 동력'이야."

"'무한 동력?'"

"쉬지 않고 던전을 도는 친구지."

"던전 한 번 돌면 피곤해서 좀 쉬어야겠던데……."

"그래서 대단해. 잠도 거의 안 자고 쉬는 시간도 거의 없이 던전을 공략하고 다닌다더라."

성준의 별명은 '레전설'에서 '무한 동력'이 되어 있었다.

5장
건드리면 죽인다

　일주일 동안 쉬지 않고 던전을 공략한 결과 성준은 '무한 동력'이라는 별명과 7억 원을 얻었다.

　미국에서 연구되고 있는 새로운 치료법을 시작하려면 5억 원이 필요하다고 했으니까 돈은 충분하게 모았다.

　"쉬어야겠다."

　집으로 돌아온 성준은 침상에 힘없이 몸을 던졌다. 일주일 동안 쉬지 않고 던전을 공략한 탓에 지쳐 있었다. 마력 흡수 덕분에 육체적인 피로는 거의 없었지만 정신적인 피로의 누적도 마냥 무시할 수만은 없었다.

　1시간 정도 자고 일어난 그는 한국중앙병원으로 향했다.

"강수혁 씨 보호자 분."

예약이 되어 있어서 대기표를 뽑을 필요는 없었다. 30분 정도를 기다리자 간호사가 성준을 불렀다.

"2번 진료실로 들어가시면 됩니다."

간호사의 말에 성준은 2번 진료실 문을 열었다. 넓은 진료실 안에 백의를 입은 의사, 박태호가 앉아 있었다. 50대 중반 정도로 보이는 외모에 조심성 많아 보이는 표정이다.

그는 백발이 무성한 앞머리를 쓸어 넘기며 진료 기록을 확인하고 있었다. 흔한 의사의 모습이었지만 혈액암 분야의 권위자였다.

"어서 오세요."

"아버지의 상태는 좀 어떻습니까?"

성준은 의자에 앉기 무섭게 아버지의 현재 상태에 대해 먼저 물어보았다. 태호의 시선이 다시 모니터로 향했다. 그는 진료 기록을 면밀하게 살피더니 짧은 한숨을 내쉬었다.

"처음보다 수치가 더 오르지는 않았어요."

"다행이네요."

"안정되었지만 여전히 수치가 심각할 정도로 높아요."

성준은 힘없이 고개를 숙였다. 아버지가 위독하다는 사실은 예전부터 알고 있었지만 저명한 의사의 입으로 재차 듣게 되니 마음이 편치 않았다.

"전에도 말씀드렸지만 원래 계셨던 병원에서 제대로 된 치료를 하지 않은 것 같네요."

태호가 심각한 표정으로 말했다. 성준은 입술을 살짝 깨물었다. 최근을 제외하면 치료비를 제대로 지불한 적이 거의 없었다. 그래서 병원에서도 치료를 소극적으로 행한 것이다.

"이 상태가 계속된다면 곧 마음의 준비를 해야 하는 순간이 올지도 모릅니다. 저번에도 말씀드렸지만 강수혁 환자분은 혈액암 중에서도 희귀한 편이라, 국내의 의료 기술로는 한계가 있어요."

"그래서 저번에 말씀하셨던, 미국에서 시범적으로 도입한다는 새로운 치료법에 대해 이야기를 하고 싶습니다."

"RG1 치료법을 말씀하시는 겁니까?"

태호의 물음에 성준은 차분한 표정으로 입을 열었다.

"아직 신청 기간이 남은 걸로 압니다."

"물론입니다. 이미 미국에선 여러 실험도 끝났고 성공적으로 자리를 잡아가고 있는 단계입니다. 한국에서도 실험이라고 하기보단, 젊은 사람들의 말로 베타테스터 정도라고 볼 수 있겠네요."

성준은 고개를 끄덕였다. 여러 방면으로 알아봤지만 RG1 치료법에 대한 부정적인 내용은 찾아볼 수 없었다.

"신청하겠습니다."

"앞서 말씀드렸지만 이 치료법이 효과는 확실하지만 고급 설비와 비싼 약물을 사용합니다. 치료비가 만만치 않게 들어갈 겁니다. 보험 혜택도 받을 수 없어요."

"최소 5억이라고 들었습니다."

"그렇습니다."

"돈은 얼마나 들어도 상관없습니다. 치료나 확실하게 해주세요."

성준의 대답에 태호의 입가에 미소가 번졌다.

"저희 의료진은 언제나 최선을 다할 겁니다."

성준은 아버지인 수혁의 치료비로 사용할 5억 원을 다른 계좌에 넣어두었다. 그리고 던전 관리국을 방문해서 매칭을 신청한 뒤 집으로 돌아왔다.

'매칭이 될 때까지는 쉬어도 되겠지……'

성준은 3일은 쉴 수 있을 것이라고 예상했지만 그동안 던전을 솔플로 공략하면서 레이팅이 많이 오른 탓에 이틀 만에 던전 관리국에서 연락이 왔다.

-안녕하세요, 헌터님. 던전 관리국입니다. B급 던전에 매칭되었습니다. 인원은 헌터님을 포함해서 4명입니다. 진행하시겠어요?

"진행하겠습니다."

잠시 여유를 가져볼까 싶었지만 그는 곧 고개를 저으며 생각을 고쳤다. 아버지인 수혁의 병원비로 얼마가 더 빠져나갈지 몰랐다. 현재 2억 원의 여유가 있지만 성준이 세상을 살아오면서 깨달은 게 있다면 돈은 많을수록 좋다는 것이다.

성준은 직원이 안내해 준 장소로 곧바로 향했다.

"이쪽입니다."

던전 앞을 지키고 있던 관리국 직원은 현대와는 어울리지 않는 가죽 갑옷을 입고 검집을 허리에 찬 성준의 모습을 보고 손을 흔들었다.

"다른 분들은 아직입니까?"

"이신조 헌터님이 가장 먼저 도착했습니다. 잠시 화장실에 가셨고, 다른 두 분은 조금 늦을 것 같다는 연락을 받았습니다."

직원은 친절하게 대답했다.

이윽고 한 손에 커피를 든 헌터가 천천히 다가왔다. 직원이 말했던 이신조라는 이름의 헌터인 것 같았다.

성준과 눈이 마주친 그는 가벼운 미소를 머금은 채 입을 열었다.

"이신조입니다. B급 보조계예요."

"강성준입니다. B급 회복계입니다."

두 사람은 서로를 간단하게 소개했다. 10분 정도를 더 기다리자 나머지 헌터 2명이 동시에 도착했다.

멀리서부터 서로 떠들며 여유롭게 걸어오는 그 모습을 본 성준은 눈살을 찌푸렸다.

'늦은 주제에 너무 여유롭군.'

따지고 싶었지만 두 사람은 듀오로 매칭한 것으로 보였다. 이 경우 언쟁이 발생하면 귀찮아질 수도 있기 때문에 성준은 고개를 저을 뿐, 항의하지 않았다.

마지막 두 사람의 합류로 모두가 모이자 다시 한번 짧게 통성명을 나누었다. 듀오로 매칭을 신청한 헌터들은 전투계였고 이름은 서광호와 유진규였다.

"출발합시다."

광호가 말했다. 성준을 포함한 다른 헌터들이 마지막 점검을 끝내고 던전 입구 앞에 모인 순간이었다.

"잠깐만요."

던전 관리국의 직원이 급히 달려왔다.

"무슨 일이죠?"

광호가 뭔가에 쫓기는 사람처럼 불안한 시선을 흩뿌리며 직원에게 물었다.

"방금 상부에서 공지가 내려왔습니다."

"공지 내용은 어떻게 됩니까?"

이번에는 성준이 물었다. 직원은 태블릿 화면에 시선을 고정한 채 입을 열었다.

스트리머 할머님 1

"최근 C급 이상의 던전에서 PK, 즉 살인 행위가 빈번하게 발생하고 있다고 합니다. 해당 난이도를 공략하는 헌터님들께서는 주의하시기 바랍니다."

관리국이 있다고는 하지만 던전 안은 무법지대나 다름없다. 살인 행위가 발생한다고 해도 목격자를 전부 죽여 버리면 증거가 남지 않는다.

전문용어로 PK라고 불리는 던전 안에서의 살인이 발생할 경우, 던전 관리국과 헌터 관리국에서는 조사관을 파견했다. 하지만 증거을 찾아내는 경우는 드물었다.

'확증이 없으면 관리국도 쉽게 나설 수 없지……'

던전 공략이 위험한 이유다. 전방의 마물뿐만 아니라 배후의 살인마까지 경계해야 한다는 것이 슬프지만 현실이었다.

"하하하, 우리 중에 살인마가 있을 리가 없잖아요? 어서 들어갑시다!"

어색한 웃음과 함께 진규가 앞장섰다. 문이 열리고 네 사람은 던전으로 진입했다. 조명 드론이 어둠을 밝히는 것을 시작으로 던전 공략이 시작되었다. 던전의 난이도는 B급치고는 낮은 편이었다. 성준이 검을 뽑을 상황은 찾아오지 않았고 파티는 보스방을 향해 거침없이 전진했다.

"힐량이 꽤 높으신 것 같네요?"

성준의 힐에 진규의 상처가 빠르게 치유되는 모습을 본 신조가 작게 감탄했다.

"감사합니다."

칭찬은 언제나 사람의 기분을 좋게 만든다. 성준은 미소와 함께 대답했고 파티는 보스방에 도착했다.

"헤이스트! 블레스!"

보스방에 입장하는 것과 동시에 보조계 헌터인 신조가 모두에게 두 종류의 버프를 걸어주었다. 광호와 진규는 호흡을 맞춰 보스 마물로 등장한 트롤 제사장을 상대했다. 하수인으로 등장한 마물들의 수가 조금 많은 편이었지만 역시 성준이 나서기도 전에 둘이서 모두 처리했다.

"두 사람 실력이 상당한 것 같아요."

신조의 말에 성준도 고개를 끄덕이며 동의했다. 신조가 다시 입을 열었다.

"제가 B급 헌터 5년 차입니다. 그런데 저 정도로 깔끔한 움직임을 보이는 헌터들은 처음이에요."

"그렇습니까?"

"네, 다만 한 가지 마음에 걸리는 게 있다면 검술도 그렇고 전투하는 방식이…… 마치 인간을 상대로 여러 경험을 익힌 것 같네요."

"인간형 마물을 상대해서 그럴 겁니다."

"그렇겠죠?"

"물론이죠."

두 사람의 대화가 끝나기 무섭게 보스인 트롤 제사장도 쓰러졌다.

"마정석 루팅합시다!"

진규의 목소리에 성준과 신조도 마정석을 루팅하기 위해 움직였다. 마정석 루팅을 끝내고 최종 점검을 끝냈다.

"파티장님, 저 소변 좀 보고 오겠습니다."

신조가 조심스럽게 손을 들고 말했다.

"아, 저도 소변이 급해서…… 하핫!"

진규도 손을 들었다. 광호는 짧게 한숨을 내쉬더니 입을 열었다.

"다들 다녀오세요."

성준은 광호의 목소리에서 은근한 살기를 읽을 수 있었다. 수십 년간 전장에서 살아온 전생의 경험 덕분에 가능한 일이었다.

'설마, 아니겠지…….'

성준은 일말의 가능성을 외면했다. 이윽고 진규가 '혼자' 돌아왔다.

"신조 씨는 어딨습니까?"

"시체를 봤더니 속이 안 좋아서 한 차례 토하셨어요. 아마 곧 오실 겁니다."

"아…… 그래요?"

목소리에서 거짓의 냄새가 난다. 5년 차 B급 헌터가 마물의 시체를 봤다고 구토를 할 리가 없다.

그리고 결정적으로…….

"버프가 사라졌는데 설명 좀 해주실까?"

전투는 끝났지만 신조가 따로 거둬들이지 않았기 때문에 마땅히 유지되어야 할 버프가 사라졌다.

"다들 알겠지만 임의로 제거하지 않은 버프가 사라졌다는 것은 보조계 헌터의……."

광호와 진규의 눈에 살기가 깃들었다. 그들은 계획이 어긋 났음을 직감하고 자신들의 무기로 손을 가져갔다.

"죽음을 의미하지!"

창과 검이 성준을 노렸다.

"죽어라!"

"어리석은!"

마치 정해진 것처럼. 그 궤적이 성준의 눈에 선명했다.

"피, 피했어?"

"회복계 헌터가 이걸 회피했다고?"

성준이 한 걸음 뒤로 물러서는 것으로 두 공격을 회피하자 광호와 진규는 경악했다.

"엉성해."

성준은 한 걸음, 다시 거리를 좁히며 검을 뽑아 들었다.

"살아 나갈 생각은."

어둠 속에서 칼날이 서늘하게 빛났다.

"버려라."

성준이 검을 뽑자 짙은 살기가 주변을 가득 메웠다.

"큭! 무, 무슨 살기가!"

자존심 강한 전생의 기억은 감히 자신에게 무기를 겨눈 두 사람을 용서할 생각이 없었다.

'반드시 죽인다.'

살기에 침식된 눈빛은 날 선 칼날처럼 날카로웠다.

"제기랄! 이 새끼 평범한 힐러가 아냐!"

광호는 뭔가 잘못되었다는 것을 깨달았다. 성준은 헌터닷컴에서 유명한 편이었지만 그를 모르는 헌터도 적지 않았다. 광호 또한 레전설과 정당방위 사건에 대해 알지 못했다.

"광호 형! 뒤로!"

"조심해라!"

창을 든 광호가 뒤로 물러서자 검을 든 진규가 앞으로 달려 나왔다. 그리고 성준의 살기에 짓눌렸다.

"떨고 있군."

성준은 입꼬리를 끌어 올렸다. 진규가 들고 있는 검은 그의 마음을 대변하기라도 하는 듯 불안하게 떨리고 있었다.

"전문 살인마들 같은데…… 상대를 잘못 골랐어."

성준은 빠르게 걸음을 밟으며 진규를 향해 쇄도했다.

"앞이 텅텅 비었어!"

진규는 급히 방어 자세를 취했지만 검성의 기억 일부가 남아 있는 성준의 눈에는 취약한 점이 많이 보였다. 그는 진규가 내찌른 검을 부드럽게 흘려보내며 품으로 파고들었다.

"이 새끼가!"

그 순간이었다. 진규의 뒤에 있던 광호가 창을 내찔렀다. 정확히 급소를 노리고 있었다.

여기서 회피하면 진규를 공격할 기회를 잃게 된다. 짧은 순간, 성준은 판단을 내렸다.

'살을 주고 뼈를 취한다!'

성준은 몸을 살짝 틀어서 급소가 창에 꿰뚫리는 것을 피했다. 대신 왼쪽 어깨가 관통당했다. 붉은 피가 튀었지만 성준은 멈추지 않았다.

"지, 진규야!"

"형!"

광호와 진규는 성준이 어깨가 꿰뚫리는 고통 속에서 공격을 이어갈 것이라고는 예상하지 못했다. 광호가 찌른 창은 성준의 몸을 관통한 상태라 당장 공격을 이어가지 못하는 상황이었고, 진규도 휘두른 검을 아직 회수하지 못했다.

"하앗!"

광호가 급히 창을 뽑았지만, 성준은 기다리지 않고 기합과 함께 진규를 향해 검을 휘둘렀다.

'목인가?'

검을 회수하지 못한 탓에 진규는 목을 방어하기 위해 팔을 들어 올렸다. 목숨 대신 팔 하나를 내줄 생각이었다. 하지만 목을 노리는 듯한 움직임은 속임수였다.

최종적으로 검이 향한 곳은 진규의 복부였다.

슥.

날카로운 칼날이 복부를 깊이 가르고 지나갔다.

"크윽!"

벌어진 상처에서 잘린 내장이 쏟아졌다. 아찔한 고통에 진규의 안색이 창백해졌다. 그는 이어지는 고통을 이기지 못하고 검을 놓치고 말았다. 방어 자세가 완전히 무너졌다.

"지, 진규야!"

"힐!"

성준은 관통상을 입은 어깨를 치유하는 것과 동시에 광호를 향해 달려들었다. 진규는 신경 쓸 필요가 없었다. 그는 치명상을 입어서 전투가 불가능한 상황이었다.

"히, 힐러 새끼가 검술 실력이······!"

진규와 달리 몇 년간 PK를 전문적으로 해온 광호는 쉽게 당하지 않았다. 그는 성준과 몇 차례 공방을 이어갔다.

검과 창이 허공에서 충돌하는 횟수가 늘어날수록 광호는 성준이 구사하는 치명적인 검술에 경악했다.

'이건 단순히 호신을 위한 검술이 아니야……!'

급소를 노리는 듯 속임수를 섞어서 가장 고통을 느끼는 신체 부위를 노리는 실전 검술이었다.

'대인전 경험이 풍부하다!'

얕볼 수 없는 상대라는 판단이 섰다. 광호는 성준의 검을 받아내며 진규를 살폈다. 진규의 상태는 좋지 않았다.

진규는 열린 복부에서 내장을 왈칵 쏟아낸 채 쓰러져 있었다. 고통에 젖어 꿈틀거리는 모습은 아직 숨이 붙어 있다는 것을 알려주고 있었다.

'계획대로다.'

일격에 숨통을 끊지 않은 것 또한 성준의 노림수였다. 광호와 진규는 가까운 사이로 보였다. 그래서 성준은 진규의 숨통을 끊지 않고 광호의 집중을 분산시키는 데 이용했다.

"제기랄! 잔인한 새끼!"

광호는 성준의 의도를 짐작했지만 진규에게서 쉽게 눈을 떼기 힘들었다.

"네가 할 말은 아닌 것 같은데?"

성준은 실소를 머금은 채 검을 휘둘렀다. 두 사람은 서로 공격을 주고받으면서 상처가 점점 늘어갔다. 성준도 던전에서 자신이 죽인 마물이 없는 상태에서 힐을 계속 사용한 탓에 마력이 거의 바닥을 보이고 있었다.

'체력도 슬슬 위험하다.'

성준은 입술을 살짝 깨물었다. 마음 같아선 신체의 제한을 해제하고 싶었지만 검성의 힘 일부를 사용한 지 얼마 지나지 되지 않았기 때문에 몸이 견디지 못할 것 같았다.

"벌써 지친 거냐?"

광호가 말했다. 그도 상당히 지쳐 있었지만 내색하지 않으려고 노력했다.

성준은 광호의 창을 받아내면서 혹시나 남은 마물이 없나 싶어 주변을 빠르게 살폈다. 그러다 쓰러져 있는 진규가 그의 시야에 들어왔다.

'사람을 죽여도 마력을 흡수할 수 있을까?'

위험한 생각이었지만 시도해 볼 가치는 있다고 생각되었다. 어차피 상대는 잔혹한 살인마다.

'일단 물러난다.'

성준은 자신이 구사할 수 있는 가장 화려한 검술을 구사하여 광호의 시선을 어지럽히면서 진규가 있는 곳까지 물러났다.

그리고 검을 역수로 잡았다.

"너…… 설마……?"

광호는 덜컥 드는 불길한 예감에 얼굴이 하얗게 질렸다.

"아, 안 돼…… 그러지 마!"

"사람을 죽이려면 당연히 죽을 각오를 하고 왔어야지."

광호가 급히 달려오기 시작했다. 하지만 거리가 제법 있었다. 성준은 입꼬리를 끌어 올리며 진규를 내려다보았다.

"사, 살려……."

진규는 살려달라고 애원했다. 성준은 그 모습을 보며 뻔뻔하다고 생각했다.

"날 죽이려 했는데 왜 살려줘야 하지?"

이런 경우 자비는 사치다. 성준은 망설임 없이 검으로 진규의 목을 찔렀다.

"이 새끼가아아아!"

검을 뽑는 순간 피가 분수처럼 솟구치고 광호는 악귀처럼 절규했다.

"마력 흡수."

손을 들어 올리자 진규의 시체에서 푸른 마력이 피어나 성준의 손에 모여들어 흡수되었다. 소모되었던 체력과 마력이 회복되었다.

'회복량이……?'

마물을 잡았을 때보다 훨씬 더 많은 양의 체력과 마력이 회복되었다. 전생의 기억도 더욱더 선명해진 것 같았다.

"아주 좋아."

성준의 입가에 환한 미소가 번졌다. 전생의 기억이 선명해지면서 새로운 기술 하나가 떠올랐다.

"재밌는 걸 보여주마."

어느새 광호는 성준의 코앞까지 달려온 상황. 성준은 침착하게 검을 고쳐 잡고 자세를 취했다.

"끝이다."

뭔가가 번쩍였다.

광호의 오른팔과 왼팔이 잘렸다.

"끄아아아악!"

"섬광 베기라는 이름이 붙은 기술이다. 오늘 처음 사용한 거니까 영광으로 생각해."

고통에 찬 비명과 피를 쏟아내며 쓰러진 광호를 내려다보며 성준은 싸늘한 웃음과 함께 혼잣말을 내뱉었다.

"빠, 빨리 죽여…… 새끼야……!"

두 팔이 잘린 상황에서 광호가 할 수 있는 건 없었다. 그는 빨리 죽여 달라고 성준은 들어줄 생각이 없었다. 불현듯 그의 머릿속을 스치는 생각이 있었기 때문이다.

'요즘 무차별 살인으로 난리였지……? 둘이 끝이 아니다.'

성준의 시선이 광호에게 향했다.

'규모는 알 수 없지만 PK를 조장하는 집단이 있을 거야. 헌터 관리국에서는 골칫거리겠지.'

확증이 없으면 헌터 관리국과 던전 관리국에선 움직일 수 없다. 확증을 잡기 위해 관리국 소속의 헌터들을 파티에 잠입시키는 것도 불가능하다. PK가 벌어지고 있는 던전 난이도에 보낼 헌터라면 B급 이상이어야 하는데 관리국에 소속된 B급 이상의 헌터들은 신상이 다 팔린 지 오래였다.

그래서 그들은 살인마들을 '의심'하는 단계에서 더 이상 나아가지 못했다.

'관리국을 잘 구슬리면 경험치뿐만 아니라 돈도 얻을 수 있겠어.'

성준의 입가에 미소가 번졌다. 이미 그는 살인마들을 경험치와 돈을 드랍하는 마물과 동급으로 보고 있었다.

그는 장검, 로엘을 들고 광호의 허벅지를 찔렀다.

"끄아아악! 죽이라고 했잖아, 이 새끼야!"

"힐."

그리고 두 팔의 상처와 허벅지의 상처를 치료했다.

"뭐, 뭐야……."

"희망은 버려라. 살려줄 생각은 없으니까. 다만……."

성준은 검에 묻은 피를 한차례 털어냈다.

광호는 마른침을 삼켰다.

"지금부터 너를 찌르고 '힐'하는 걸 반복할 거야. 멈추고 싶으면 내가 질문하는 거에 대답해 줘야 해."

"무, 무슨 개소리를……."

"시작한다."

텅 빈 보스방에 비명이 울려 퍼지기 시작했다.

"이제…… 죽여줘……. 부탁이야……."

광호가 마른 목소리로 애원했다. 성준은 검을 들어 올렸다. 더 이상 그의 입에서 새로운 정보가 나올 것 같지는 않았다. 그는 검으로 광호의 목을 찔러 숨통을 끊었다.

'본의 아니게 마정석을 독점하게 되었군.'

마정석이 가득 담겨 있는 가방에 눈길이 갔다. 정산 센터에서 매각하면 돈이 꽤 될 것 같았다.

서성준이 마정석이 든 가방을 들고나오자 던전 관리국 직원이 달려왔다.

"다른 분들은 당하신 겁니까?"

"네, 모두 죽었습니다."

"그렇군요. 일단은 알겠습니다."

직원은 차트를 꺼내 뭔가를 기록했다. 그러고는 성준을 보며 입을 열었다.

"조만간에 진술서 작성을 위해 관리국에 출석하셔야 합니다. 일정이 잡히는 대로 연락이 갈 겁니다."

던전에서 많은 사상자가 발생하면 생존자들은 던전 관리국에 출석해서 진술서를 작성하게 된다. 던전 내에서 부정한 행위가 있었는지 확인하기 위해서지만 생존자가 한 명밖에 없는 경우에는 의미 없는 절차가 되어버린다.

"따로 일정을 잡을 필요 없습니다. 마정석을 매각하고 바로 출석하겠습니다. 관리국에 미리 연락을 해주시면 감사하겠습니다."

"그렇다면 지금 연락을 해두겠습니다."

직원의 대답에 성준은 고개를 끄덕였다. 번거롭게 두 번 걸음 할 생각은 없었다. 시간은 곧 돈이다.

대화를 끝낸 성준은 택시를 타고 던전 관리국으로 향했다. 돈 몇 푼을 아끼고자 대중교통을 이용하는 것보다 시간을 아껴서 던전을 한 번이라도 더 도는 게 이득이라고 판단한 것이다.

잠시 후, 던전 관리국에 도착한 성준은 정산 센터에서 마정석을 매각했다.

"총 3억 5천만 원입니다. 등록하신 계좌로 입금 처리가 끝났습니다."

성준은 스마트폰을 꺼내서 계좌의 잔액을 조회했다. 치료비로 쓸 5억 원을 제외하고도 5억 5천만 원이 넘는 거금이 있었다.

'이게 다 내가 번 돈이라고……?'

계좌에 겨우 5만 원 남아 있었던 적도 있었는데 5억이 넘는 거금을 가지게 되다니…… 솔직히 실감이 안 났다.

성준의 벌이가 대단해 보이겠지만 사실 모든 B급 헌터가 이 정도로 잘 버는 것은 아니었다. C급 이상의 던전부터는 공략 난이도가 크게 상승하기 때문에 파티로 공략하는 경우가 대부분이었다. 더구나 체력의 소모 또한 크기 때문에 무한 동력이 가능한 성준과 달리 한 달에 던전을 여러 번 공략하는 경우가 많이 없었다.

'파티로 사냥하게 되면 정산금을 나눌 수밖에 없지. 이번에는 운이 좋았어.'

성준은 씁쓸한 미소를 감출 수 없었다. 목숨을 위협받았지만 3억 5천만 원이라는 거금을 독식하게 되었다. 결과적으로는 좋았지만, 그 과정은 좋지 않았다. 전생의 기억과 함께 깨어난 검성의 자존심이 기분을 상하게 한 근원을 찾아내 몰살시켜 버릴 것을 요구했다.

'손해 보는 장사는 아니지.'

성준은 생각했다. 헌터를 죽이면 더 많은 마력을 흡수할 수 있다는 것을 알게 되었으니 결정을 내릴 때가 되었다.

죄 없는 헌터들을 잡아 죽일 수는 없으니 PK를 일삼는 살인마들을 죽여서 마력을 흡수해 강해지면 된다. 헌터 관리국과 거래를 하면 PK 집단에 대한 추가적인 정보를 넘겨받을 수 있을지도 모른다.

"진술서 작성 때문에 왔습니다만, 얼마나 기다려야 합니까?"

"아, 강성준 헌터님이시죠?"

직원의 물음에 성준은 고개를 끄덕였다.

"지금 담당 조사관님이 잠시 다른 일을 맡고 계셔서 20분 정도는 기다려 주셔야 할 것 같습니다."

"최대한 빨리 부탁합니다."

"최선을 다하겠습니다."

직원의 대답을 들은 성준은 대기석에 앉아 스마트폰으로 헌터닷컴에 접속했다. 최근 연쇄적으로 발생하고 있는 PK 사건들 때문에 난리였다. 최대한 많은 인원으로 파티를 구성하라는 조언도 있었고 당분간 던전 공략을 쉬어야겠다는 한탄 섞인 게시글도 보였다.

[PK하는 새끼들 걸리면 내가 팔다리를 작살낼 거다.(12)]

PK범들을 도발하는 듯한 게시글도 있었다. 댓글은 12개나 달려 있었고 베스트 게시글 진입이 얼마 남지 않아 보였다.

헌터닷컴을 한 차례 순회하기 무섭게 직원이 다가왔다.

"강성준 헌터님?"

자신을 부르는 목소리에 성준은 스마트폰을 집어넣고 고개를 들었다.

"2층 1번 사무실로 가시면 됩니다."

성준은 대답 대신 고개를 끄덕인 뒤 2층의 1번 사무실로 향했다. 문을 열자 책상에 앉아 있는 조사관 중 한 명이 그를 보며 손을 들어 올렸다.

"강성준 헌터님? 여깁니다!"

성준은 조사관의 앞에 앉아 진술서를 작성했다. 진술서를 작성하는 시간은 길지 않았다.

"2인조 PK범을 혼자 처치했다는 게 사실입니까?"

"제가 처리하지 않았다면 어떻게 살아서 돌아왔을까요?"

"다른 가능성을 생각해 볼 수도 있죠."

조사관이 의미심장하게 말했다. 성준은 눈살을 찌푸렸다. 조사관 입장에서는 떠보려는 의도겠지만 의심받는 것 같아서 기분이 좋지 않았다.

"듣고 보니 그건 불쾌하네요."

"죄송합니다. 마력 반응 때문에 던전 안에서는 녹화 기능이 정지하다 보니 안쪽 상황을 모르는 저희로서는 모든 경우를 생각해야 해서요."

"관리국에서는 확증이 없어도 PK범으로 의심되는 이들의 명단을 확보하고 있을 텐데요. 거기에 제가 있을 리가 없다고 생각합니다."

"죄송합니다."

조사관은 고개를 숙여 사과했다. 그 모습에 성준은 마음이 조금 풀렸다.

조사관은 진술서를 작성하면서 어딘가로 전화를 걸었다. 그리고 창가로 가서 통화를 한참 이어가더니 다시 돌아와서 성준을 보며 입을 열었다.

"헌터 관리국에서 사람을 보냈습니다. 잠시 시간을 내줄 수 있겠습니까?"

조사관이 정중하게 물었다. 성준은 입가에 번지려는 미소를 간신히 참아냈다.

헌터 관리국에서 미끼를 물었다!

"강제입니까?"

"강제는 아닙니다."

성준의 물음에 조사관은 힘없는 목소리로 대답했다.

"강제도 아니고, 이득도 없다면 저는 이만 가보겠습니다. 헌터한테 시간은 돈이라는 걸 아시죠?"

헌터 관리국에서 사람을 보낸 이유는 알고 있었지만 성준은 자신의 가치를 높이기 위한 작업을 시작했다.

"자, 잠깐만요!"

조사관은 다급히 성준을 불렀다. 성준은 사무실을 나서려던 발걸음을 멈추고 조사관을 향해 몸을 돌렸다.

"방금 전의 일은 다시 한번 사과하겠습니다. 곧 헌터 관리국에서 김현성 팀장님이 올 겁니다. 장담하건대, 헌터님이 손해보는 일은 없을 겁니다."

"그렇다면 일단 기다려 보겠습니다."

10분 정도 기다리자 사무실 문이 열리고 누군가 들어왔다. 안경을 쓴 모범생 같은 이미지의 남자의 가슴에는 김현성이라는 이름과 팀장이라는 직급이 적힌 명찰이 달려 있었다.

"강성준 헌터님?"

"여기 있습니다."

성준이 손을 들어 올리자 현성의 얼굴이 밝아졌다. 그는 성준을 향해 서둘러 걸음을 옮겼다. 시선은 방금 전까지 성준과 대화를 하고 있던 조사관에게 향했다.

"잠시 조사실을 빌리겠습니다. 괜찮죠?"

"물론입니다."

헌터 관리국의 조사팀장, 김현성은 조사관에게 양해를 구한 뒤 성준과 함께 단둘이 조사실로 들어갔다.

"영상 기록 중단하세요."

-알겠습니다.

현성이 마이크에 대고 말하자 스피커로 다른 조사관의 목소리가 들려왔다.

이윽고 현성의 시선이 성준에게 향했다.

"단도직입적으로 말하겠습니다. 저희를 도와주십시오."

다짜고짜 본론을 꺼내는 모습을 보니 헌터 관리국도 많이 바쁜 모양이었다. 성준은 차분한 얼굴로 입을 열었다.

"무엇을 도와달라는 말입니까?"

"저희가 정보를 제공하겠습니다. PK범들을 잡아주세요."

성준은 부드러운 미소를 머금었다. 예상했던 대로 흘러가고 있었다.

"저희가 매칭 시스템에 관여할 수 있습니다. PK범으로 의심되는 헌터들과 매칭되도록 손을 쓰겠습니다. 그들이 검을 뽑으면 던전 안에서 정리해 주세요."

"헌터 관리국에 소속된 헌터가 많은데 굳이 제게 부탁하는 이유가 있습니까?"

"B급 이상의 실력자가 필요한데…… 관리국에서 소속된 B급 이상의 헌터들은 너무 알려져 있습니다."

"그래서 알려지지 않은 실력자가 필요하다는 말씀이시죠?"

"그렇습니다. 다른 헌터님들에게 부탁해 보았지만, 다들 대인전을 기피하시더군요. 강성준 헌터님께서도 대인전에 자신이 없다면 어쩔 수 없지만요."

현성이 대답했다. 성준은 입꼬리를 끌어 올렸다. 대인전이라면 자신 있었다.

"그걸로 제게 돌아오는 이익은?"

"던전 정산금 이외에 두당 1억 원의 보상금, 그리고 앞으로 헌터 관리국에서 강성준 헌터님에 대한 편의를 봐드리겠습니다."

현성이 말했다. 목소리가 경직되어 있었다. 그도 목숨을 거는 일에 대한 대가로는 부족하다는 생각을 하고 있었다. 하지만 성준은 불쾌한 기색 없이 입을 열었다.

"스스로도 조건이 부족하다는 건 알고 계시죠?"

"지금으로선 이게 최선입니다."

현성은 간절함이 느껴지는 목소리로 말했다. PK사건으로 관리국의 무능이 증명되고 있었다. 책임자로 발탁되었으니 해결하지 못하면 미래는 없었다.

하지만 성준은 처음부터 PK범들을 사냥할 생각이었고 헌터 관리국의 도움이 필요했기 때문에 다소 부족한 조건에도 불구하고 흔쾌히 고개를 끄덕였다.

"조건은 부족하지만 받아들이겠습니다."

어차피 헌터 관리국의 매칭 조작이 없으면 PK범들을 사냥하기 힘들다. 성준의 대답에 현성의 얼굴이 밝아졌다.

"그런데…… 불만족스러우실 텐데도 이 일을 승낙하신 이유가 있습니까?"

끝내 궁금증을 참지 못하고 현성이 물었다. 사무실을 나서려던 성준은 그를 보며 입꼬리를 끌어 올렸다.

"날 건드렸거든."

6장
휴일

현성과 밀약을 맺은 성준은 헌터 관리국에서 제공한 차량을 타고 귀가했다. 집 근처에서 내린 그는 마트에 들러 식료품을 구매했다.

'차를 한 대 사는 게 좋겠다.'

당장은 몰라도 장기적으로 봤을 때 오히려 시간을 절약할 수도 있겠다는 생각이 들었다.

그는 지나가다가 공원을 발견하고는 벤치에 앉아 스마트폰으로 헌터닷컴에 접속했다. 헌터닷컴은 여전히 연쇄 PK 사건 때문에 소란스러웠다.

'베스트 게시글도 점령당했네.'

스마트폰을 집어넣으려는 순간, 성준은 다가오는 인기척을 느끼고 고개를 들었다. 그곳에는 익숙한 얼굴의 남자가 서 있었다.

"야, 너 강성준이지?"

"한지석?"

명품으로 치장한 남자의 이름은 지석이었다. 성준과는 고등학교 동창으로 B급 전투계 헌터였다.

"헌터닷컴 하고 있었어? 그건 힘없는 놈들이나 하는 거라니깐……."

그는 성준을 위아래로 한 차례 훑어보더니 피식 웃었다. 명백한 비웃음이었다. 그것은 성준의 신경을 건드렸다.

"옷 입은 거 보니까 알 만하다. 아직도 구질구질하게 살지?"

"너는 잘사나 보다?"

성준은 불쾌한 기색을 드러냈지만 지석은 멈추지 않았다.

"그래, 얼마 전에 정규 공략팀에 들어갔어. 이제 일주일에 한 번씩 고정적으로 B급 던전을 돌 수 있어. 대단하지?"

마력 흡수 덕분에 지치지 않는 성준과 달리 일반적인 헌터들은 B급의 경우 일주일에 한 번 동급의 던전을 공략하면 바쁘다고 볼 수 있었다.

'정규 공략팀?'

성준은 의문스러운 생각이 들었다. 지석에 대한 소문은 동창회 같은 곳에서 풍문으로 들었다. 그는 원래 B급 헌터 중에서도 실력이 부족한 편이었다.

'그런데 어떻게 정규 공략팀에 들어간 거지?'

정규 공략팀에 들어가려면 조건이 까다롭다. 성준의 머릿속에 물음표가 생겨났으나 고민을 이어갈 틈도 없이 지석의 자랑이 이어졌다.

"얼마 전에 외제 차도 한 대 뽑았어."

성준은 싸늘하게 식은 목소리로 말했다.

"관심 없으니까 입 닫고 꺼져 줄래?"

슬슬 집으로 돌아갈 생각이었는데 앞에서 알짱대며 쓸데없는 자기과시나 늘어놓으니 귀찮았다.

지석의 얼굴이 구겨졌다.

"너…… 많이 컸다?"

지석이 허리로 손을 가져갔다. 방금 전에 던전을 공략한 것인지 무기를 휴대하고 있었다. 하지만 그것은 성준도 마찬가지였다.

"생각 잘해라. 그거 뽑으면 난 정당방위다."

성준이 차갑게 말했다. 목소리에서 살기가 흘러나오자 지석은 창백해진 얼굴로 검자루에서 손을 뗐다. 본능이 위험을 경고했다.

짧은 순간이지만 지석은 전신이 조각나 부서지는 악몽을 꾼 것만 같았다. 식은땀이 흘렀다.

'내가 저 새끼한테 쫄았단 말이야……?'

지석은 인정할 수 없었다. 하지만 성준의 말대로 이곳에서 검을 뽑아서 그를 공격한다면 정당방위가 성립되기 때문에 참을 수밖에 없었다.

"던전에서 나 안 만나기를 비는 게 좋을 거야."

그 말은 마치 PK를 암시하는 듯했다. 그 말에 성준은 차가운 미소를 머금은 채 입을 열었다.

"너도 조심해."

성준도 경고를 남기고 몸을 돌려 집으로 향했다.

'역시 차를 한 대 뽑는 게 좋겠다.'

다시 든 생각이었다.

"그런데 카드가 없네……."

차를 뽑을 생각을 하며 길을 걷다 보니 신용카드가 하나도 없다는 것을 깨달았다.

'그러고 보니 헌터 관리국에서 신용카드도 만들어주는 걸로 아는데…….'

성준은 스마트폰을 들어 올려 김현성 팀장의 번호를 찾아서 전화를 걸었다.

-네, 김현성입니다.

"강성준입니다. 헌터 관리국에서 신용카드도 만들어주는 걸로 알고 있는데…… 맞죠?"

-물론입니다. 신용등급에 따라 발급되는 카드가 다르긴 하지만요.

"편의 봐준다고 하셨죠? 저도 카드 한 장 만들어주세요.

다음 날 성준은 집에서 특별한 일정 없이 휴식을 취했다. 그동안 너무 무리했다. '마력 흡수'가 있다고는 하지만 정신적인 피로까지 회복되진 않았다. 그것만으로도 다른 헌터들에 비해 충분히 '무한 동력'에 근접하지만 성준도 조금씩은 쉬어줘야 했다.

컴퓨터 앞에 앉아서 헌터닷컴을 보고 있을 때였다. 벨소리가 울렸다.

[김현성 팀장.]

PK범으로 의심되는 헌터의 신상 조회에는 시간이 걸릴 게 분명하니, 아마도 신용카드 발급 때문인 것 같았다.

-김현성입니다. 아마 오늘 중으로 신용카드가 도착할 겁니다. 수령하시면 바로 사용 가능합니다.

"감사합니다."

-대상 선정도 곧 끝날 것 같습니다. 조만간에 연락드리겠습니다.

"네, 수고하세요."

성준은 짧은 대답과 함께 통화를 끝냈다.

얼마 지나지 않아서 도착한 우편을 확인하니 신용카드 한 장이 들어 있었다.

"VIP 카드를 만들어줬네?"

VIP 카드는 헌터 관리국에서 발급해 줄 수 있는 가장 높은 등급의 신용카드로, 혜택이 아주 다양하지만 특별한 경우를 제외하면 A급 이상의 헌터만 발급이 가능할 정도로 조건이 까다로웠다.

'헌터 관리국에서 봐준다고 했던 편의가 이런 건가?'

성준의 입가에 미소가 번졌다.

'옷이나 더 사야겠다.'

얼마 전에 옷을 한 벌 사기는 했지만 여전히 낡은 옷이 대부분이었다. 신용카드도 만들었으니 백화점에 가볼 생각이었다. 그동안 고생했던 자신에게 조금의 보상을 해주기로 한 것이다.

이제 통장에는 수혁의 병원비를 제외하고도 수억 원이 남아 있으니 옷 몇 벌 사는 것 정도는 괜찮을 것 같았다.

'무시당하고 살 수는 없지.'

과거의 성준이었다면 10억 원이 넘는 돈을 가지고 있더라도 아꼈을 것이다. 하지만 전생의 기억이 점차 살아나면서 '무시당하고 살 수는 없다'는 생각이 고개를 들었다.

그는 택시를 타고 가까운 백화점으로 향했다.

'진짜 차를 한 대 뽑아야겠네.'

오늘따라 택시가 잡히지 않았기 때문에 예상보다 늦게 도착한 성준은 눈살을 찌푸리며 백화점으로 들어갔다.

남성복 매장을 기웃거리던 그는 고민 끝에 명품관으로 걸음을 옮겼다. 이왕 사는 거 좋은 옷도 한두 벌 정도는 살까 생각한 것이다.

명품관에 들어서자 직원들의 시선이 모였다.

"저 사람, 명품 살 돈은 있을까?"

"없을 거 같은데?"

"쫓아내야 하지 않을까?"

허름한 옷을 입은 탓인지 옷을 고르고 있는 그의 귀에 수군거리는 소리가 들려왔다. 귓속말에 가까운 작은 소리였지만 신체가 활성화되면서 모든 감각이 예민해지기 시작한 성준은 조금도 빠짐없이 모두 들었다.

기분이 상한 성준은 쇼핑을 멈췄다.

"가려나 보다."

"빨리 가라, 가."

하지만 성준은 명품관을 떠나지 않았다. 다만 옷을 빠르게 훑은 뒤 다섯 벌을 골랐다. 그리고 직원에게 금색의 카드를 건넸다.

"허, 헌터용 VIP 카드……."

계산을 위해 카드를 받아 든 직원은 물론이고 조금 떨어진 곳에서 수군거리던 직원들도 찬란하게 빛나는 카드를 보고 깜짝 놀랐다. 그리고 자신들의 실수를 깨달았다.

"VIP 카드면 엄청 잘나가는 헌터 아니야?"

"드, 들리나 봐…… 조용히 하자."

대한민국에서 금색의 카드는 헌터 VIP 카드뿐이다.

"계, 계산은 어떻게 해드릴까요……"

"일시불로 해주세요."

쇼핑을 끝내고 집으로 돌아온 성준은 헌터 관리국의 김현성 팀장으로부터 전화를 받았다.

"여보세요."

-안녕하세요, 헌터님. 김현성입니다. 내일 헌터 관리국에 오실 수 있겠습니까?

"PK범으로 의심되는 헌터 명단을 확보하신 겁니까?"

-네, 우선은 가장 의심되면서 헌터님이 처리하기 무난한 놈으로 한 명 골랐습니다.

"지금 당장 가겠습니다."

어차피 저녁에 할 일이 없었다. 그리고 내일은 병문안을 갈 예정이었기 때문에 오늘 명단을 확인하는 게 나았다.

-그럼 차량을 보내겠습니다.

통화가 끝나고 얼마 지나지 않아서 헌터 관리국에서 보낸 차량이 도착했다.

'역시 차를 뽑아야겠네.'

자가용의 편함에 중독되어 버린 것 같았다. 면허는 있으니까 차만 사면 된다.

헌터 관리국에 도착한 그는 현성과 만났다.

–성명 : 한지석

현성이 건넨 서류에 익숙한 이름이 적혀 있었다.

'검을 뽑으려고 했던 건 습관이었나……?'

성준의 입꼬리가 올라갔다.

"언제나 그렇듯 확증은 없습니다만, 여러 정황과 분석으로 볼 때 PK범일 가능성이 높습니다. 조만간에 매칭에 손을 써서 같은 파티에 합류하게 해드리겠습니다."

"PK가 시작되면 죽여도 됩니까?"

목소리에서 느껴지는 섬뜩한 살기에 현성은 등골이 서늘해지는 것을 느꼈다.

"PK를 시도한다면 죽여도 상관없습니다."

성준은 싸늘한 미소를 머금었다.

"한지석은 이미 매칭을 신청한 상태입니다. 제가 손을 써뒀으니, 3일 안에 한지석과 매칭이 잡힐 겁니다."

이른 아침, 성준은 뒷산에 올랐다. PK범을 사냥하기 전에 한계가 어느 정도인지 다시 한번 확실하게 정리하기 위해서였다.

전생의 기억이 한계를 말해주고 있었으나, 그래도 확인이 필요했다.

뒷산의 한적한 곳에 도착한 성준은 검을 뽑았다. 그리고 숙련된 전투계 헌터조차 따라 하기 힘든 속도로 검을 휘두르기 시작했다.

'신체를 가속하는 건 1분이 한계다.'

전생의 기억을 바탕으로 1분을 조금 넘긴 상태에서 멈추자 곧 미약한 고통이 찾아왔다. 지금의 몸 상태로는 이 정도가 한계다.

'다음은 섬광 베기다.'

성준은 다시 한번 전생의 기억에 몸을 맡겼다. 한 걸음 내디디면서 검을 휘둘렀다. 전생의 기억이 정확하다면 3번이 한계일 것이다.

'정확하네.'

예상대로 3번 휘둘렀을 때는 아무렇지 않았지만 4번째 검을 휘두르고 긴장이 풀리자 통증이 느껴졌다.

그러다 보니 문득 궁금해졌다.

한계를 아득히 넘으면 어떤 일이 벌어질까?

던전에서 시험할 수는 없으니 지금 시험해 보기로 했다.

"끄아아아악!"

그리고 후회했다. 죽을 것 같았다. 힐을 사용하면 고통이 조금 줄어들지만 그럴 마력을 끌어 올리지 못할 정도로 고통이 심했다.

고통은 3시간 정도 계속되었다. 뒷산에서도 외진 곳이라 도와줄 사람도 오지 않았다. 그나마 1시간 후부터는 고통이 조금 줄어들어서 '힐'을 사용했기에 이 정도였다.

그리고 성준은 몇 번 더 실험을 거쳤다.

'이걸로 확실해졌어.'

이전부터 한계를 짐작하고 있었지만 이제 확실해졌다. 아파서 죽는 줄 알았지만 나름 만족할 만한 성과를 얻었다.

'힐을 사용하면 고통은 줄어들지만 통증의 지속 시간에는 영향이 없다.'

오늘의 실험으로 많은 것을 알게 되었다. 집으로 돌아가는 성준의 얼굴에는 뿌듯함이 가득했다.

다음 날 성준은 아버지 수혁의 병문안을 가기 위해 정오를 넘긴 시간에 맞춰 집을 나섰다.

'조만간에 차를 한 대 뽑자.'

한국중앙병원으로 가기 위해 택시에 오르며 성준은 생각했다. 지금 당장은 여유가 없고 PK 사건이 정리되면 외제 차로 하나 장만할 생각이었다.

병원에 도착한 성준은 곧바로 아버지의 병실을 찾아갔지만 아무도 없었다.

"공원에 가셨나?"

한국중앙병원의 암센터 건물 앞에는 아주 작은 공원이 하나 있었다. 가끔 통화를 할 때면 수혁은 공원이 있어서 좋다는 말을 하곤 했다.

그는 병원 공원으로 발걸음을 옮겼다. 전화를 할 수도 있지만 산책을 하면서 생각도 정리할 겸 조금 걷기로 했다. 그는 공원에 들어서기 무섭게 아버지 수혁을 찾을 수 있었다. 수혁은 동년배로 보이는 환자들과 즐겁게 이야기를 나누고 있었다.

"아버지."

성준은 수혁을 부르며 다가갔다. 자신을 부르는 목소리에 수혁의 시선이 성준에게 향했다. 치료가 시작되고 시간이 지날수록 얼굴이 밝아지는 것 같아서 성준의 마음이 놓였다. 5억 원이라는 돈이 아깝지 않았다.

"아들 왔어?"

"네, 이야기 중이셨나 봐요?"

"그래, 아빠 친구들이다."

성준은 3명 정도 되는 환자들과 간단한 인사를 나누었다. 모두 수혁과 비슷한 나이로 보였다.

"헌터라고?"

누군가의 물음에 성준이 대답 대신 고개를 끄덕이자 수혁이 입을 열었다.

"우리 아들 B급 헌터야, 하하하."

자식 자랑은 끝이 없다. 성준이 얼마 전에 B급 헌터로 승급한 사실을 알고 있는 수혁이 자랑을 시작했다. 성준은 옆에서 말없이 듣고 있었다. 수혁이 다른 사람들에게 이렇게 자랑하는 모습은 처음 헌터로 각성했을 때 이후로 처음이었다. 부끄럽지 않은 아들이 된 것 같아서 기분이 좋았다.

"B급 헌터면 대기업 임원보다 돈 많이 번다던데…… 강 씨, 아들 잘 뒀네!"

"어쩐지 입고 다니는 옷부터 깔끔한 게, 보통 사람이 아니라고 생각했어!"

"부럽다, 부러워!"

모두의 시선이 집중되자 성준은 어색한 웃음을 흘렸고 수혁의 입가엔 흐뭇한 미소가 번졌다. 그가 기뻐하는 것 같아서 기분이 좋았다.

"요즘 몸은 괜찮으시죠?"

잠시 관심이 분산된 틈을 타서 성준이 물었다. 수혁은 밝은 표정으로 고개를 끄덕였다.

"너무 걱정하지 마라. 아빠는 괜찮으니까."

과거에는 억지로 고통을 참으며 말했다면 지금은 정말 많이 좋아진 듯 밝은 얼굴이었다.

'새로운 치료법이 효과가 있는 모양이야.'

성준은 안도했다.

"음료수라도 사 올까요?"

"괜찮아, 방금 마셨어."

수혁과 대화가 잠시 중단된 사이 메시지 알림음이 들렸다. 성준은 몇 걸음 뒤로 물러나서 스마트폰을 확인했다.

[김현성입니다. 던전 관리국에서 1시간 이내에 매칭이 완료되었다는 연락이 갈 겁니다. 일정이 잡히면 제게 연락해 주세요.]

성준은 다시 수혁에게 돌아갔다. 애써 감추려 했지만 심각한 표정이 드러난 것인지 수혁이 걱정스러운 시선을 보내며 그의 손을 잡았다.

"아들, 너무 무리하지는 마라. 아빠는 괜찮으니까."

부성애가 느껴지는 목소리에 성준은 부드러운 미소를 머금은 채 입을 열었다.

"네."

"바쁠 텐데, 가서 일 봐라."

던전 관리국에서 연락이 올 때가 되었다. 수혁을 병실로 데려다준 뒤 병원을 나서자 스마트폰 벨소리가 들려왔다.

"여보세요."

-안녕하세요, 헌터님. 던전 관리국입니다. B급 던전에 매칭되었습니다. 인원은 헌터님을 포함해서 5명입니다. 진행하시겠어요?

"진행하겠습니다."

성준은 망설임 없이 대답했다. 그리고 현성에게 전화를 걸었다.

-김현성입니다.

"매칭을 수락했습니다."

-한지석에 대한 정보를 추가로 확보했습니다. 그런데 수상한 점이 몇 가지 있더군요.

"그게 뭐죠?"

-한지석의 레이팅은 얼마 전까지만 해도 상당히 낮은 편이었습니다. 그런데 PK 의심 목록에 등록될 즈음부터 레이팅이 급격하게 오르더니 정규 공략팀에 합격했습니다.

정규 공략팀은 대부분 B급 이상의 레이팅이 높은 헌터들로 구성되며, 까다로운 면접과 심사를 거쳐 선발한다.

-의심 목록에 있는 몇몇 다른 헌터에게서도 비슷한 현상이 발견되었습니다. 조금 더 알아봐야겠지만, 전문적인 PK 집단의 존재는 이걸로 확실해졌다고 볼 수 있습니다.

"레이팅이 많이 올랐습니까?"

-예, 2배 정도 오른 것 같습니다. 이 정도면 엄청 대단한 겁니다.

현성이 대답했다. 하지만 성준은 놀라지 않았다.

"레이팅이 얼마나 올랐는지 신경 쓰지 않습니다. 그래 봤자 사냥감에 불과합니다."

성준의 목소리에선 자신감이 넘쳤다.

7장
소드마스터의 사냥

결전의 날이 찾아왔다.

　성준은 택시를 타고 던전 입구에 도착했다. 다른 파티원들의 모습은 보이지 않고 지석 혼자서 담배를 태우고 있었다.

　그는 원래 정규 공략팀에 소속되어 있지만, 한 달에 한 번 정도 공략 일정이 없을 때 매칭으로 던전을 공략했다.

　탁.

　택시에서 내리는 소리에 지석의 시선이 성준에게 향했다.

　'뭐야, 며칠 만에 왜 이렇게 달라졌어?'

　던전 공략은 옷이 더러워질 수 있기 때문에 명품을 입고 오지는 않았다. 하지만 눈에 띄게 달라진 성준의 모습에 지석은 두 눈을 동그랗게 떴다.

"자주 보네."

성준은 지석을 보며 기분 나쁜 미소를 지어 보였다. 작은 도발이었지만 지석은 자극을 받은 것인지 입술을 살짝 깨물었다.

하지만 그는 이내 감정을 추스르고 어색한 표정으로 입을 열었다.

"오늘 던전 난이도가 있는 편이라서 조심하는 게 좋대."

언뜻 보면 걱정해 주는 모습이었지만 성준은 그의 목소리와 눈빛에서 미약한 살기를 느낄 수 있었다.

'사람을 죽여본 게 확실하네.'

전생의 기억이 말하고 있었다. 그는 수십 년간 전장에서 싸우면서 살기를 귀신같이 감지하는 능력을 얻었었다. 그 기억이 조금씩 돌아오면서 완전하지는 않지만 기척 감지와 함께 살기를 감지하는 방법 또한 전승받았다.

"그래, 고맙다."

성준은 대답과 함께 입구 근처에서 대기했다. 지석은 그런 그의 모습을 힐끗거리며 손톱을 물어뜯었다.

'그래, 그때 느꼈던 살기는 착각이었어.'

지석은 성준이 살기를 조절하는 달인이 되었다는 사실을 모르고 있었다. 그는 그날 느꼈던 살기가 착각이라고 여기며 입꼬리를 올렸다.

그는 성준이 아무것도 모를 거라 생각하며 사악한 계획을 세웠다.

10분이 지나지 않아서 매칭된 파티원이 모두 모였다. 그들은 간단한 통성명을 했다. 전투계 4명과 회복계 1명으로 구성된 파티가 던전으로 진입했다.

"조명 드론을 꺼내세요."

파티장의 지시에 모두 가방에서 조명 드론을 꺼내 작동시켰다. 빛이 어둠을 몰아내자 긴 통로가 모습을 드러냈다.

"마물은 없는 것 같습니다. 진행하죠."

파티장이 말했다. 성준은 침묵을 지켰다. 위험한 순간이 아니면 능력의 일부를 숨길 생각이었다.

방패와 창으로 무장한 파티장이 1열에 섰고 2열에 다른 파티원 2명이 섰다. 성준이 3열이었고 지석은 공교롭게도 성준의 바로 뒤인 4열이었다.

'사람은 죽여봤지만 살기를 다루는 건 익숙하지 않은 것 같네.'

뒤에서 느껴지는 노골적인 살기에 웃음이 나올 정도였다.

"문입니다."

30분 정도를 걷자 튼튼해 보이는 철문이 나타났다. 2열에 있던 헌터 한 명이 문의 손잡이를 잡았다. 파티장이 방패를 들어 올리고 전방을 향해 창을 겨누자 손잡이를 잡은 헌터가 문을 열었다. 드론이 내부로 진입해 어둠을 밝혔다.

"공동이네요."

천장이 높고 넓은 공동이었다. 가장자리에는 수십 개의 석상이 보였다.

"가고일이네요."

"무난하네요."

C급 이상의 던전에서 출현하는 마물인 가고일은 석상의 모습을 하고 있지만 침입자를 발견하면 생물체로 변했다. 리빙아머와 달리 수월하게 제압할 수 있는 마물에 속했다.

"수가 조금 많기는 하지만 회복계 헌터님도 계시니까, 상관없을 것 같네요."

파티장의 말에 다들 고개를 끄덕였다. 파티장은 무기를 점검한 뒤 지석을 보며 입을 열었다.

"한지석 씨, 강성준 씨를 잘 부탁합니다."

"맡겨만 주세요."

지석의 입가에 미소가 번졌다.

"갑니다!"

파티장이 공동에 들어서기 무섭게 가고일들이 깨어났다. 그리고 전투가 시작되었다. 가고일의 수가 많았지만 B급 헌터들답게 어렵지 않게 격퇴하고 다음 방으로 진입했다. 가고일과 트롤 수십이 파티를 맞이했다.

"크악!"

"힐!"

처음으로 부상자가 발생했다. 성준은 곧바로 힐을 시전했다. 깊은 상처는 아니었기 때문에 순식간에 완치되었다. 하지만 부상은 한 명으로 끝나지 않았다. 오크 주술사가 하나 섞여 있는 탓에 성준은 힐을 멈출 수 없었다.

"잠깐 쉴게요."

두 번째 방에 이어서 세 번째 방까지 클리어하자 5시간이 훌쩍 흘렀다. 인간을 초월한 헌터들이라고 해도 지칠 법한 시간이었기 때문에 파티장은 휴식을 선언했다. 헌터들은 육포 같은 걸 꺼내 먹으면서 휴식을 취했다.

"강성준 씨는 힐량이 엄청나던데요? 마력 소비가 크진 않습니까?"

"그러게요. B급 회복계 중에서도 힐량이 상위권인 것 같던데……."

허기를 달랜 헌터들이 성준에게 모여들었다. 그들은 성준의 높은 힐량을 칭찬했다.

"다시 갑시다."

짧게만 느껴졌던 휴식이 끝나고 파티가 다시 출발했다. 던전 진입 8시간이 넘어갔다. 어느새 파티는 보스방 앞에 도착했다.

전투계 헌터 한 명이 문을 여는 동안 파티장이 엄호했다. 이윽고 문이 열리자 다섯 기의 드론이 내부로 들어갔다.

어둠이 물러가자 보스의 모습이 드러났다.

"트윈 헤드 오우거입니다."

트윈 헤드 오우거는 A급 던전에 주로 등장하지만 B급 던전의 보스로도 출현하는 마물이었다. 오른손에 들고 있는 묵직한 몽둥이가 위협적이었다.

"얻어맞으면 즉사할 것 같은데……"

누군가 말했다. 모두 말없이 긴장을 삼켰다.

"마법계 헌터가 있었다면 좋았을 텐데 말이죠."

파티장이 말했다. 오우거는 덩치가 커서 마법에 치명적이었다.

"얻어맞으면 바로 죽습니다. 강성준 씨의 '힐'만 믿지 말고 조심하세요."

"하수인들은 안 보여요."

"산개해서 공격하죠."

"좋습니다."

짧은 논의가 끝나고 파티가 움직이자 트윈 헤드 오우거가 4개의 눈을 떴다. 성준을 제외한 파티원들이 달려 나가 트윈 헤드 오우거를 포위했다.

"공격!"

4방향에서 일제히 덮쳤다. 트윈 헤드 오우거의 공격이 향한 곳은 전방이었다.

"젠장!"

거대한 몽둥이가 자신을 향하는 것을 본 헌터는 비명 대신 욕설을 내뱉었다. 그리고 휘둘러진 몽둥이에 맞아 멀리 날아갔다.

"힐!"

성준은 서둘러 '힐'을 시전했다. 마지막 순간에 검을 들어 올려 막은 것을 보았다. 온몸의 뼈가 박살 났겠지만 숨은 붙어 있을 확률이 높았다.

"크으윽……!"

예상은 정확했다. 백색의 섬광이 반짝이자 쓰러진 헌터가 신음을 흘렸다.

"강성준 씨, 나이스!"

상황을 파악한 파티장이 성준의 활약을 치하했다. 전투가 진행 중이라 길게 말하지는 않았지만 성준의 힐이 조금만 늦었다면 그의 숨이 끊어졌을 것이다.

"제가 맡겠습니다."

혼전이 이어지자 지석이 트윈 헤드 오우거의 뒤를 장악했다. 그는 높이 뛰어올라 트윈 헤드 오우거의 뒷목을 깊게 베었다.

"쿠워어어!"

트윈 헤드 오우거의 자세가 무너지면서 빈틈이 생기자 파티장이 복부에 창을 꽂아 넣었다. 쓰러진 트윈 헤드 오우거는 일어나지 못했다. 마정석과 목걸이 하나를 남기고 시체가 소멸했다.

아이템이 드랍된 것을 확인한 지석의 눈동자가 탐욕에 물드는 것을 성준은 놓치지 않았다.

'곧 시작하려나.'

성준은 티 나지 않게 지석을 주시했다. 지석은 파티원들이 아이템을 감정하는 사이 자연스럽게 주변을 살피더니 성준에게 다가왔다.

'기습으로 회복계부터 처리할 생각이네. 나쁘지 않아.'

성준은 싸늘한 미소를 머금은 채 거리를 좁히는 지석을 보며 입을 열었다.

"무슨 일이야?"

"조금 쉬려고."

지석이 그렇게 대답하며 성준의 뒤에 섰다. 기습하기에 최적의 장소였지만 이미 그를 의심하고 있는 성준은 어이가 없어서 터져 나오는 웃음을 참아내야만 했다.

성준 관심 없는 척, 앞을 응시했다. 등 뒤에서 느껴지기 시작한 미약한 살기는 점점 노골적으로 변했다.

'온다.'

살기가 정점을 찍은 순간 지석이 검을 뽑아 내찔러 왔다.

'빨라.'

생각보다 빠른 속도였다. 검을 뽑을 여유는 없었다.

'그렇다면!'

성준은 몸을 돌리며 손등으로 지석의 검면을 쳐냈다.

"아니, 어떻게 이걸!"

기습이 막히자 지석은 검을 회수하며 급히 뒤로 물러났다.

그로선 놀랄 수밖에 없었다. 호신용으로 검을 휴대하는 힐러는 많았다. 그래서 성준도 평범한 힐러라고 생각했다.

그런데 자신의 기습을 파악했을 뿐만 아니라 막아냈다? 그는 적잖게 당황했다.

'경험이 부족해.'

검을 회수하면 다음 공격을 펼쳐야 하는데, 지석은 경험 부족으로 인해 기습이 막힌 것에 당황하여 뒤로 물러나 버렸다. 이렇게 되면 상대에게 여유를 주게 된다.

성준은 검을 뽑으며 입꼬리를 끌어 올렸다.

"사, 살기가······!"

지독한 살기가 주변을 장악했다.

'착각이 아니었어······.'

지석은 착각이라고 생각하며 그날 느꼈던 살기를 외면했던 자신의 모습을 후회했다. 맹수를 앞에 둔 작은 동물처럼 감히 움직일 생각조차 못했다.

사고가 마비되었다.

반면에 성준은 그를 보며 여유롭게 입을 열었다.

"인간 사냥 좋아하나 봐?"

차가운 살기는 칼날을 머금은 듯 날카로웠다.

"나도 좋아해."

검성의 사냥이 시작되었다.

"힐러부터 노리는 건 나쁘지 않았어. 그런데 상대가 나빴네?"

성준은 싸늘한 미소를 머금은 채 지석을 노려보았다. 살기를 담은 차가운 시선에 지석은 두려움을 느꼈다.

"P, PK다! 누가 먼저 시작한 거야?"

"한지석 씨가 먼저 공격했어요!"

부상을 입은 파티원의 상태를 살피고 있던 파티장과 또 다른 파티원 하나가 뒤늦게 상황을 파악하고는 성준을 돕기 위해 달려오려 했다.

"제가 처리할게요."

성준은 비어 있는 손을 들어 올려 그들의 개입을 막았다.

"하, 하지만 강성준 씨는 힐⋯⋯."

끝까지 들을 필요는 없었다. 성준은 대화가 끝나기도 전에 기습적으로 움직였다. 지석은 급히 방어 자세를 취했지만, 한발 늦고 말았다. 그가 방어를 위해 자세를 바꿨을 땐 이미 성준의 검이 지석의 허벅지를 깊게 베고 지나간 뒤였다.

"크악!"

아찔한 고통에 지석이 비명을 내질렀다. 사람을 베고 찌르는 것엔 익숙했지만 고통은 여전히 반갑지 않은 존재였다.

"빠, 빨라!"

"회복계가 저런 움직임이 가능해?"

파티원들은 믿을 수 없다는 눈빛으로 성준을 보았다. 전투계 헌터들조차 놀랄 만한 속도였다.

던전 솔플과 수련 덕분에 지금의 성준은 한계를 넘지 않아도 동급의 전투계 헌터보다 빨랐다. 신체 활성화는 덜 진행되었을지도 모르겠지만, 전생의 기억 덕분에 근육의 불필요한 움직임이 없어서 훨씬 빠르게 움직일 수 있었다.

"크, 크윽……!"

지석은 다리에 힘이 풀렸다. 성준이 휘두른 검에 치명상을 입은 것 같았다. 피는 멈출 생각 없이 자꾸만 흘러내렸다.

"자신만만했는데, 그런 건 다 어디 갔어?"

"그, 그건……."

성준이 물었다.

휙.

대답을 들을 필요도 없었다. 성준이 휘두른 검이 지석의 상처 입지 않은 오른쪽 다리를 노렸다. 지석은 급히 검을 들어 올렸다. 두 개의 검이 충돌하면서 튕겨 나왔다.

"느려."

검을 회수하는 속도는 성준이 더 빨랐다. 전생에 전장에서 셀 수 없이 많이 펼쳤던 동작이었다. 익숙하고 빠를 수밖에 없었다.

그리고 근접전에서 검을 빨리 회수하는 건 적이 대비하기전에 먼저 공격할 수 있다는 것을 뜻하기도 했다.

"앞이 텅텅 비었어."

성준은 검을 회수하지 못해 비어 있는 지석의 상체를 노리고 검을 내찔렀다. 날카로운 칼날이 지석의 복부를 꿰뚫었다. 거기서 멈추지 않고 검을 뽑기 전에 손목을 한 차례 비틀었다.

"끄, 끄아아아아악!"

지석이 비명을 내질렀다. 내장이 엉망이 되었다.

'검을 다루는 솜씨가 보통이 아니야.'

성준이 싸우는 모습을 보며 파티장은 생각했다. 그는 경험많은 헌터였지만 성준의 대인전 실력에는 명함도 못 내밀 것같았다.

"주, 죽여줘……."

지석이 애원했다. 왼쪽 다리와 복부에 치명상을 입으면서그는 이미 성준에게 압도당하고 있었다. 살고자 하는 마음도사라졌다. 그저 이 고통에서 빨리 벗어나고 싶었다.

"내가 왜 그 부탁을 들어줘야 해?"

평소의 성준은 그 누구보다 온순하지만 누군가 그를 자극하는 순간 전생이 깨어나고 살귀가 눈을 떴다.

휙.

성준이 다시 복부를 향해 검을 휘둘렀다.

"아, 아아악!"

지석은 고통을 이기지 못하고 검을 놓치고 말았다. 상처에서 내장이 쏟아졌다.

"주, 죽이라고, 이 새끼야……!"

"울어?"

끝이 보이지 않는 고통의 연속에 지석은 결국 눈물을 보이고 말았다. 성준은 어이가 없었다. 그는 차분한 표정으로 입을 열었다.

"네가 PK를 시작할 때부터 이렇게 될 건 예상했어야지."

"크아아악!"

짧은 순간, 성준이 휘두른 검이 지석의 왼팔을 잘랐다.

"허억!"

지석은 고통을 견디지 못하고 기절했다. 성준은 그를 보며 입꼬리를 끌어 올렸다.

"아직 죽으면 안 돼, 힐!"

죽이고 싶었지만 협회에 넘겨서 정보를 얻는 것도 좋다고 생각되었다. 몸을 포박하고 힐을 시전하자 빠르게 회복되기 시작했다. 중상이라서 완치되지는 않았지만 당장 생명은 건졌다.

-새로운 아이템의 존재를 확인.

성준은 계측기를 꺼내 로엘에 가져갔다.

[깨어난 로엘]
D급.
경량화 효과 확인.
출혈 저주 효과 확인.
잠재 능력 확인.
전생 각성 효과 확인.
추가 효과 알 수 없음.

'봉인된 로엘'에서 '깨어난 로엘'로 아이템 이름이 바뀌어 있었고 출혈 저주 효과가 추가되어 있었다.

"강성준 씨! 괜찮아요?"

부상이 심한 파티원을 제외한 나머지 둘이 황급히 달려왔다. 성준이 끼어들지 말라고 한 이유도 있었지만 도와줄 필요가 없어 보여서 그들은 상황을 지켜보고만 있었다.

"괜찮습니다."

성준의 대답에 파티장과 파티원 한 명은 마른침을 삼키며 지석과 성준을 살폈다. 보스전에서 나름 활약한 지석은 처참한 상태였지만 회복계인 성준은 상처조차 없었다.

'한지석 씨는 보스전에서 눈에 띨 정도로 경험이 많아 보였

는데⋯⋯ 회복계 헌터인 강성준 씨에게 상처 하나 입히지 못하다니⋯⋯.'

파티장은 지석이 PK범이라는 사실보다 근접전에서 전투계 헌터를 압도하는 회복계 헌터가 존재한다는 사실에 더 놀랐다.

"정리하고 나가죠."

성준의 말에 파티장과 파티원들은 부상 입은 다른 한 명을 데리고 던전을 나왔다. 그리고 파티장이 던전 관리국 직원에게 PK를 신고하는 사이, 성준은 현성에게 전화를 걸었다.

"해결했습니다. 예상대로 한지석은 PK범이 맞았습니다."

-생존자는 몇 명입니까?

"중상자가 한 명 있지만 다들 생존했습니다. 한지석이 저부터 기습했거든요."

-전원 생존이라니, 정말 대단합니다!

현성이 감탄하는 목소리가 전해져 왔다.

"입금 확실하게 해주시고 한지석 데려갈 회수팀이나 보내주세요."

-그건 걱정하지 않으셔도 됩니다. 조사팀이 귀환하는 대로 바로 입금하겠습니다.

"아 참, 그러고 보니 한지석을 생포했습니다."

-아! 잘 되었군요. 조사해 보겠습니다.

이윽고 그들은 던전 관리국에서 보내준 차량에 회수팀과

동승하여 이동 후 지석을 현성에게 넘겼다. 그리고 간단한 조사를 받았다.

조사가 끝나자 파티장을 대표로 던전에서 주운 마정석과 아이템을 매각했다.

정산금은 4억 원이었고, 지석이 PK범이 아니었다면 8천만 원씩 나눠야 했겠지만, 그가 PK를 시도하면서 1명에게 돌아가는 금액은 2천만 원 오른 1억 원이 되었다.

조사실에서 나오면서 오우거의 몽둥이에 당해 쓰러졌던 파티원과 마주쳤다. 그는 던전 관리국에 위치한 의무동으로 향하는 길이었다.

"강성준 씨, 고마워요. 다음에 또 만나면 제가 술 한잔 사겠습니다."

"당연히 해야 할 일이었어요."

"그래도 강성준 씨가 바로 힐을 넣어주지 않았다면 저는 죽었을 겁니다."

그는 성준을 보며 진심을 담아 고맙다는 말을 남기고 떠났다. 다른 파티원도 떠나고 파티장과 성준만 남았다.

성준이 발걸음을 옮기려는 순간, 파티장이 입을 열었다.

"강성준 씨가 아니었다면 파티는 전멸했을 겁니다. 고맙게 생각하고 있어요."

"제가 아니었어도 파티장님이 잘하셨을 거라고 생각해요."

성준은 겸손하게 말했다. 하지만 파티장은 고개를 저었다.

"한지석 그 새끼…… 보스전에서 모습만 보면 제가 상대할 수 없었던 놈입니다. 저는 분명 졌을 겁니다."

파티장의 시선이 성준에게 향했다.

"강성준 씨가 저희를 살린 겁니다."

파티장은 그 말을 남기고 떠났다.

집으로 돌아온 성준은 1억 원이 추가로 입금된 것을 확인하고 침상에 몸을 던졌다. 그리고 잠에 빠져들었다.

그날 성준은 꿈을 꾸었다.

전생의 죽음과 관련된…….

8장
최후의 기억

희미한 시야에 3명의 기사가 보였다. 낯선 얼굴은 아니었지만 이름이 기억나지 않았다. 그들은 성준을 향해 피로 물든 검을 겨누고 있었다.

그중에 얼굴의 반이 피로 물든 기사가 입을 열었다.

"……로우켈……. 13기사회를……."

하지만 기억이 완전하지 않은 탓에 목소리마저 희미했다. 무슨 상황인지 알 수 없었지만 한 가지 분명한 것은 지금 느껴지는 감정의 대부분이 '분노'라는 것이었다.

성준의 입이 저절로 열렸다. 그는 거부하지 않고 전생의 흐름에 몸을 맡겼다. 로우켈, 그러니까 전생의 성준이 말했다. 그러자 검을 겨누고 있는 기사들 또한 무언가 말했다.

언쟁은 계속되었고 결국 그들의 검이 성준의 목과 심장을 찔렀다. 그 순간 꿈에서 깨어났다.

"허억!"

성준은 눈동자를 굴려 주변을 살폈다. 긴장감 넘치는 전장이 아니라 익숙한 원룸 안이었다. 그는 냉장고에서 물을 꺼내 마셨다.

'도대체 무슨 일이 있었던 거야?'

기억이 완전하지 않아서 꿈도 흐릿했다. 그래서 전생에 무슨 일이 있었는지 확실하게 알 수 없었다.

'빨리 기억을 찾아야겠어.'

이번 꿈을 꾸고 나서 찜찜한 기분을 지울 수 없었다. 성준은 마력 흡수와 수련을 통해 전생의 기억을 조금 더 선명하게 떠올려야겠다고 생각했다.

"몇 시지……?"

다행히 오전 7시. 악몽이 알람 역할을 해준 것 같았다.

잠에서 깬 성준은 외출 준비를 서둘렀다. 헌터 관리국에 방문할 계획이었다. 준비를 끝낸 그는 택시를 타고 헌터 관리국으로 향했다.

"김현성 팀장님을 만나러 왔습니다."

"아, 강성준 헌터님이시군요? 안내해 드리겠습니다."

오는 길에 현성과 통화를 하면서 방문 사실을 미리 알린 덕분에 별도의 절차 없이 안내를 받을 수 있었다.

"아, 강성준 씨……."

조사팀 사무실에 도착하자 현성이 자리에서 일어났다. 걱정이라도 있는 것인지 표정이 좋지 않았다.

"오늘은 무슨 일이신가요?"

"다음 매칭을 잡아줬으면 해서요. 그런데 무슨 일 있습니까? 표정이 안 좋습니다."

"아…… 그게, 사실은…… 하아!"

현성은 갑자기 한숨을 내쉬며 고개를 저었다. 그러고는 성준을 보며 차분한 표정으로 입을 열었다.

"어제 한지석이 죽었습니다."

"제가 응급처치는 제대로 했을 텐데요."

피는 멎었고 상처는 치료되고 있었다. 의식을 회복하는 데는 며칠 걸리겠지만 죽을 만한 상처는 아니었다.

"면목 없습니다."

현성은 고개를 숙였다.

"설명을 부탁드려도 되겠습니까?"

성준이 물었다.

"누군가 한지석을 살해했습니다."

성준은 깜짝 놀라서 물었다.

"한지석이 살해당했다고요?"

"예, 아무래도 배후가 있을 것 같다는 저희의 의견이 옳았던 것 같습니다. 그래서 지금 뒤를 쫓기 위해 헌터 관리국의 조사팀이 총동원되었습니다."

현성의 목소리에서 아쉬움이 묻어 나왔다. 조직적인 PK의 실마리를 잡을 수 있다고 생각했었는데, 정보를 알고 있는 용의자가 죽어버렸으니 실망할 수밖에 없을 것이다.

"당분간 PK범을 잡는 것도 중단될 것 같습니다. 모든 인력이 이번 일에 집중되고 있어서요."

"어쩔 수 없죠."

현성의 말에 성준은 고개를 끄덕였다. 아쉬웠지만 어쩔 수 없는 일이었다.

헌터 관리국을 나온 성준은 옆에 있는 던전 관리국에 들러 솔플을 신청했다. 마침 비어 있는 D급 던전이 있어서 바로 일정이 잡혔다.

"강성준 헌터님이십니까?"

"네, 접니다."

성준은 지체 없이 던전으로 향했다. 도착한 그는 대기하고 있던 직원에게서 간단한 인증 절차를 거친 뒤 던전에 진입했다.

시작부터 D급 마물인 오크 넷이 앞을 막아섰다. 그러나 그들은 이제 성준의 앞을 불과 10초도 막지 못했다.

'벌써 보스방이네.'

순식간에 보스방 입구에 도달했다. 도중에 D급 마물 중에서 가장 민첩하다는 '블러드 울프'도 등장했지만 성준의 상대가 될 리가 없었다.

그는 망설임 없이 보스방 문을 열었다.

조명 드론이 앞으로 날아가 어둠을 밝히자 마물들이 모습을 드러냈다. 보스인 오크 라이더 하나와 하수인으로 10마리 정도의 오크가 지키고 있었다.

오크 라이더는 블러드 울프를 타고 있었다.

'라이더는 조금 귀찮은데……'

성준은 오크 라이더를 향해 짜증이 다소 섞인 시선을 보냈다. 뭔가를 타고 있는 마물들은 기동력이 좋아서 한 번에 죽이지 못한다면 귀찮아진다.

'일격에 처리하면 돼.'

성준은 검을 들어 올려 방어 자세를 취한 채 천천히 보스방으로 진입했다.

"쿠워어어어!"

오크 무리가 달려왔다. 성준이 그들의 곁을 지나치자 10개의 머리통이 돌바닥에 떨어져 굴러다녔다. 마지막으로 남은 오크 라이더는 당황한 듯했지만 멈추지 않고 성준을 향해 창을 겨눈 채 거리를 좁혀왔다.

"지금!"

성준은 자신을 향해 내찌르는 창을 회피한 뒤, 검을 고쳐 잡으며 블러드 울프의 다리를 베었다.

블러드 울프가 날카로운 울음소리와 함께 고꾸라지고 오크 라이더가 앞으로 튕겨 나갔다. 성준은 블러드 울프의 숨통을 끊은 뒤 오크 라이더에게 달려가 목을 베었다.

-공략 확인, 계측 완료. D급 던전을 클리어하셨습니다.

마력 흡수가 끝나기 무섭게 계측기가 반응했다. 잠들어 있던 전생의 기억이 떠오르면서 새로운 정보가 쏟아졌다.

이번에 떠오른 기억은 단검 투척술에 관한 것이었다.

'나가면 헌터 마트에서 단검을 하나 정도는 사야겠다.'

단검을 투척했던 기억도 되살아났는데, 능숙하게 사용한다면 쉽게 상대방의 허를 찌를 수 있을 것 같았다.

새로운 기술을 익혔다는 사실에 성준은 흡족한 표정으로 던전을 나왔다. 대기하고 있던 직원이 달려오자 성준은 공략 사실을 알렸다.

"1시간 40분으로 신기록을 경신했습니다!"

"이번에도 특전이 있습니까?"

"물론입니다! 지금 헌터님을 모셔 갈 차량이 올 겁니다!"

던전 관리국 직원의 말에 성준은 고개를 끄덕였다.

'이제 C급 던전도 쉽게 돌 수 있겠어.'

이번에 D급 던전을 공략하며 체감한 난이도가 많이 낮았다. 이 대로라면 얼마 전까지만 해도 혼자서는 조금 버겁게 느껴졌던 C급 던전의 솔플도 무리 없이 해낼 수 있을 것 같은 기분이 들었다.

"차가 도착했습니다."

직원의 알림에 성준은 던전 관리국에서 보내준 차를 타고 이동하여 우선 점유권을 한 장 더 받아 왔다.

중상위권 길드인 '하운드'의 영입과장 정태민은 사무실 의자에 앉아 한가로운 오후를 보내고 있었다. 오늘은 일이 많이 없어서 여유를 가질 수 있었다.

정장을 입고 넥타이까지 갖춘 그 모습은 평범한 직장인으로 보였다. 마물이 등장하고 헌터들이 등장한 시점에서 이미 길드는 기업이나 다름없으니 길드 간부인 그도 직장인이라는 이름이 어울렸다.

똑똑.

"최용덕입니다."

노크와 함께 부하 직원인 용덕의 목소리가 들려왔다.

"들어와."

"실례하겠습니다."

대답과 함께 용덕이 조심스럽게 문을 열고 들어왔다. 짧은 머리에 안경을 끼고 있는 그는 피곤해 보였다.

"무슨 일이야?"

"D급 던전 솔플 신기록을 2번이나 경신한 헌터가 나타났습니다."

"뭐라고? 자세히 말해봐."

"B급 헌터 강성준이 2시간 5분이었던 D급 던전 공략 기록을 오늘 1시간 40분으로 경신했습니다. 앞선 2시간 5분의 기록도 강성준의 기록입니다."

던전 관리국에서는 공평한 기록 확인을 위해 헌터의 등급별로 기록을 따로 관리하고 있다. 동급의 헌터들끼리만 경쟁하는 것이다. 격투기에서 체급을 나누는 것과 비슷하다고 볼 수 있다.

"뭐라고? 그게 사실이야?"

태민은 깜짝 놀라서 용덕을 보며 질문했다.

"사실입니다."

"D급 던전을 솔플로 2시간 안에 공략한다는 건 쉽지 않을 텐데…… 그런데 잠깐만, 방금 강성준이라고 했어?"

"예."

"강성준이라면 일주일 동안 쉬지 않고 솔플로 던전을 돌았다는 그 '무한 동력'이잖아?"

성준이 헌터닷컴에서 무한 동력이라는 별명을 얻었을 때부터 중위권과 중상위권에 포진한 몇몇 길드는 그를 주시하고 있었다. 하운드 길드 역시 마찬가지였다.

"네, 그런 것 같습니다."

"무한 동력은 회복계 헌터일 텐데…… D급 던전을 이렇게 빨리 공략하는 게 가능하다는 말이야? 한 번도 아니고 두 번씩이나?"

"하지만 던전 관리국에서 나온 확실한 정보입니다."

용덕이 대답하자 태민은 바싹 마르는 목을 입술을 적시기 위해 차갑게 식은 커피를 한 모금 마셨다.

"혹시 다음 솔플 일정이 잡혀 있어?"

"C급 던전 솔플 일정을 잡은 걸로 압니다. 지금이 오후 4시인데…… 자정에 일정이 잡혀 있습니다."

"거의 쉬지도 않고 바로 다음 던전이라고? 정말로 무한 동력인 건가…… 지치지도 않네."

놀라움의 연속이었다. 던전 공략은 등급이 높아질수록 굉장한 피로를 동반하기 때문에 길게는 한 달까지 쉬는 헌터도 있다.

D급 던전이라고 해도 며칠은 쉬고 공략을 진행하는 경우가 많은데 겨우 8시간 쉬고 다음 공략이라니!

믿기 힘들었다.

"……챙겨!"

"네?"

"짐 챙기라고! 우리 길드가 상위권으로 도약할 기회일지도 몰라!"

"설마 강성준이 공략하는 던전 입구로 갈 생각이신가요? 아무리 빨라도 6시간 이상은 걸릴 텐데요……."

용덕은 두려움에 떨었다.

태민은 입꼬리를 슬쩍 끌어 올렸다.

"오늘은 외근과 야근을 섞어 마시자."

자정에 가까운 시간, 성준은 일정대로 C급 던전에 홀로 입장했다.

그 직후, 두 명의 남자가 어둠을 뚫고 모습을 드러냈다. 하운드 길드의 영입과장 정태민과 그의 부하 직원 최용덕이었다.

"과장님, 벌써 들어간 것 같습니다!"

"조금 늦었나? 차라리 잘됐어! 몇 시간 만에 나오는지 한번 보자고!"

"네?"

태민의 말에 용덕은 자신의 귀를 의심했다.

"이곳은 현재 공략이 진행 중인 던전입니다. 무슨 일로 찾아오셨죠?"

"저희는 이런 사람들입니다."

던전 관리국 직원이 다가와 묻자 태민은 품속에서 명함을 한 장 꺼내 보여주었다. 던전 주변은 일반인의 출입이 통제되지만 길드 구성원은 관계자로 분류되었다.

"아시겠지만 난입은 불가능합니다."

길드에서 나온 사람이 던전 입구에서 대기하는 경우는 가끔 있기 때문에 직원은 별말 없이 자리로 돌아갔다.

"좋아, 가져온 거 꺼내!"

"넵!"

용덕이 힘차게 대답하며 가방에서 작은 접이식 의자를 꺼냈다.

"다른 것도 준비하라고 했는데……."

"물론 준비했습니다."

이어서 꺼낸 작은 봉투. 그 안에는 여러 종류의 간식이 들어 있었다.

"좋아, 이대로 강성준이가 나올 때까지 기다린다!"

태민은 스스로를 격려하듯 목소리를 높이며 봉투에서 육포를 꺼내 입에 털어 넣었다.

그렇게 5시간이 흘렀다.

태민과 용덕은 지쳐 있었다. 태민은 마지막 남은 캔 커피를 비웠다. 그러고는 용덕을 향해 시선을 옮겼다.

"얼마나 남았지?"

"5시간 지났습니다. 통계로 볼 때 B급 헌터의 C급 던전 솔플 공략 시간은 6시간에서 7시간 정도입니다. 저는 강성준의 공략 시간을 6시간 정도로 예상되니 1시간 남았습니다."

"격하게 자고 싶다."

"저도 그렇습니다."

태민은 잠시 일어나서 가볍게 몸을 풀었다.

"던전 입구가 열리고 있습니다!"

"뭐? 아직 5시간밖에 안 지났다면서?"

"저도 최소 6시간을 예상했는데, 열리고 있네요."

얼마 지나지 않아서 던전 입구가 완전히 열렸다. 그곳에서 성준이 천천히 걸어 나왔다.

"나, 나왔다."

태민은 의자에 앉아 있는 용덕을 일으켜 세우고 성준이 있는 곳을 향해 달리기 시작했다. 성준은 던전 관리국 직원으로부터 공략 사실을 확인하는 절차 중에 있었다.

"공략 사실을 확인했습니다. 공략 기록 10위와 10분 정도 차이 나네요. 축하드립니다."

"그런가요? 감사합니다."

직원의 말에 성준은 입가에 희미한 미소를 머금었다.

'이제 C급 던전도 무리 없이 솔플할 수 있다.'

힘이 세졌을 뿐만 아니라 움직임도 더욱 민첩해졌다. 마력 흡수로 신체가 활성화되면서 전체적으로 한계치가 높아졌다.

불과 얼마 전까지만 해도 C급 던전을 공략할 때 다소의 어려움이 있었지만 이번에는 쉽게 공략할 수 있었다.

"수고하셨습니다."

성준은 마력 흡수 덕분에 체력의 소모는 거의 없었지만 늦은 시간이라 잠이 오는 탓에 서둘러 집으로 가려 했다. 그런 성준 앞에 태민과 용덕이 나타났다.

"누구시죠?"

'도를 믿습니까?'는 아닌 게 분명했다. 그런 사람들은 이 시간에 던전 근처에 들어올 수 없었다.

'관계자인가?'

관계자, 즉 헌터나 길드 구성원일 가능성이 높았다.

"갑작스럽게 찾아와서 죄송합니다. 저흰 하운드 길드에서 나왔습니다."

'하운드 길드의 영업과장 정태민이라…… 예상은 했지만 조금 빨라.'

성준은 태민이 건넨 명함을 받아 살폈다. 예상대로 길드의 구성원이었다.

'중상위권 길드가 올 거라고는 생각 못 했는데……'

피닉스 길드에서 가입 권유를 한 이후 여러 길드에서 성준을 주시하고 있었다. 그리고 성준도 그 사실을 알고 있었지만 중상위권에 속하는 길드에서 먼저 무거운 몸을 움직일 것이라곤 생각하지 못했었다.

"어떤 분들인지는 알 것 같습니다."

"그렇다면 잠시 대화를 좀……."

"지금은 새벽이니까, 나중에 오후에 연락드리겠습니다."

성준은 태민의 말을 단호하게 자르고 택시를 불러 집으로 돌아갔다. 성준이 떠난 곳에서 태민과 용덕은 멍하니 서로를 바라보았다.

"과장님, 저희 헛고생한 건가요?"

"아냐, 명함을 줬으니까 절반은 성공했어."

태민은 애써 미소를 지었다.

집으로 돌아온 성준은 자기 전에 헌터닷컴에 접속했다. 그들이 중상위권 길드라는 것 이상의 정보가 없었기 때문에 알아보려는 것이었다.

많은 헌터가 모이는 커뮤니티 사이트다 보니 하운드 길드에 대한 정보와 그들에게 가입 권유를 받았다는 헌터들의 게시글을 찾을 수 있었다.

'나름 괜찮은 곳이네.'

길드는 하나의 기업이고 많은 헌터를 보유하고 있을수록 강한 영향력을 가진다. 그래서 몇몇 길드에서는 헌터의 수를 늘리기 위해 강압적인 권유 방식을 쓰는 곳도 있는데 적어도 하운드 길드는 그렇지 않은 것 같았다.

헌터닷컴을 검색해 본 결과, 강압적인 권유로 가장 유명한 곳은 대한민국 길드 상위 30위에 등록된 대악마 길드였다.

'30위 길드를 신경 쓸 필요는 없겠지.'

성준은 고개를 저었다. 상위권 길드가 한국에 행사할 수 있는 영향력은 대기업보다 크다. 그런 대단한 곳에서 자신을 주시할 리 없다고 생각했다.

"잠이나 자자!"

성준은 혼잣말과 함께 침상에 누워 잠을 청했다. 그리고 의식이 깊은 곳으로 가라앉으며 최후의 기억이 흘러들기 시작했다.

'마력 흡수가 잠자고 있던 기억을 활성화했나……?'

얼마 전에 꿨던 꿈과 비슷한 배경이었다. 인간과 마물의 시체로 가득한 평원의 중앙에 서 있었다. 다만 그때와 다른 게 있다면 성준을 포위하고 있는 이들의 수가 12명이라는 것이었다.

"로우켈…… 13기사회……."

누군가 입을 열었다. 기억이 흐릿해서 성준이 전생에 가졌던 이름 로우켈과 '13기사회'라는 단어만 들을 수 있었다.

성준은 깨어난 기억의 흐름에 몸을 맡겼다. 그가 검에 묻은 피를 한 차례 털어내자 12명의 기사가 검을 겨눴다.

"황제 폐하의 이름으로."

어째서인지는 모르겠지만 선명한 기사의 목소리를 듣기 무섭게 내면 깊은 곳에서 강한 증오와 거부감이 느껴졌다.

성준이 입을 열었다. 뭔가를 말했지만 목소리는 너무나 희미해서 들리지 않았다. 분명한 것은 단 하나, 강한 감정의 역류뿐이었다.

"포기해라, 너를 제외한 기사회 전원을 상대할 생각이냐?"

누군가의 물음에 성준은 입꼬리를 끌어 올렸다.

"못 할 것도 없지."

마력 흡수로 인한 활성화가 많이 진행된 덕분에 예전의 꿈보다 기억이 선명했다. 하지만 여전히 완전하지는 않았다.

"로우켈……."

그리고 다시 대화가 시작되었다. 기억이 완전하지 않아서 자세히 알 수는 없었지만 12명의 기사와는 아는 사이였던 것 같았다.

분노와 좌절 같은 여러 감정의 난리 속에서도 가장 또렷한 감정은.

배신감!

이윽고 성준이 검을 들어 올려 전투 자세를 취하자 12명의 기사가 그를 향해 달려들었다. 그리고 동시에 성준은 꿈에서 깨어났다.

"허억!"

침상에서 일어난 그는 희미한 기억과 꿈을 더듬어 생각을 정리한 끝에 한 가지 결론을 내릴 수 있었다.

'나는 배신당했었다⋯⋯. 도대체 왜?'

배신당했다는 사실을 인지했을 때 가장 먼저 든 생각이었다. 희미한 기억의 조각들을 모아 퍼즐을 맞추다 보니 성준의 전생, 그러니까 검성 로우켈은 제국의 존경받는 기사였다는 사실을 유추할 수 있었다.

'중요한 건 그게 아니다.'

성준의 눈동자가 차갑게 식었다.

'내가 배신당해서 죽었다는 게 중요해.'

이유는 알고 싶지 않았지만 배신한 자들에 대해서는 알고 싶었다. 그러나 유감스럽게도 그들에 대한 기억은 실마리조차 잡을 수 없을 정도로 희미했다.

'당분간 던전 공략에 집중해야겠다.'

검술 수련을 하거나 던전에서 마물을 죽이고 마력을 흡수하면 신체가 활성화되면서 기억이 되살아난다. 배신한 이들에 대해 기억하려면 검을 수련하면서 던전을 공략할 수밖에 없다.

'이걸로 당분간 목표가 정해졌네.'

성준은 입꼬리를 끌어 올렸다.

'전생의 기억을 찾는다.'

전생의 기억을 찾는다는 것은 곧 강해지는 것과 연결된다. 던전 공략을 통해 돈이 모이는 부가적인 수입도 빼놓을 수 없다.

어쨌거나 헌터로 각성한 지금, 특수 경찰 같은 쪽으로 빠지지 않는다면 던전을 공략하는 것은 빼놓을 수 없다.

'뒷산이나 갈까?'

짐을 챙기던 그는 책상 위에 놓여 있는 태민의 명함을 발견하고는 생각을 바꿨다.

'확실하게 거절해 두는 게 좋겠지.'

성준은 명함에 적힌 번호로 전화를 걸었다.

-네, 정태민입니다.

"강성준입니다."

-아, 강성준 헌터님!

태민의 목소리가 밝아졌다.

"길드 가입 권유 때문에 찾아오셨던 거죠?"

-하하하, 들렸나요?

"그렇다면 바로 대답하겠습니다. 저는 길드 가입할 생각이 없습니다."

성준은 단호하게 말했다. 길드에 가입하면 여러 가지 장점도 있지만 최종 정산금의 일부를 길드세로 납부해야 한다는 단점도 있었다.

-자, 잠깐만요! 혹시 이유를 알 수 있을까요?

태민은 마음이 급해졌다. 지금까지 수집한 여러 정보로 볼때 성준을 영입하면 길드에 큰 도움이 되는 게 확실했다. 그래서 태민은 특별한 조건을 걸어서라도 성준을 영입하고 싶었다.

순위가 부여되는 상위권 진입은 모든 길드의 꿈이었다. 하운드 길드도 그런 꿈을 가지고 있었고 태민은 길드의 간부로서 그 염원을 성취하기 위해 언제나 최선을 다해왔다.

"최종 정산금을 떼어 가는 게 싫어서요."

던전 공략에서 발생하는 최종 정산금의 3할을 길드에서 가져간다는 것은 공공연한 사실이었다.

-그, 그렇다면 특별 대우를 해드리겠습니다! 저희가 3할이 아니라 2할을 가져가는 조건으로 계약하시죠!

태민의 다급한 목소리가 스마트폰을 통해서 전해졌다. 성준은 여유로운 목소리로 하지만 단호하게 입을 열었다.

"정산금을 떼어 가는 게 싫다고 저는 분명히 말했습니다."

-하, 하지만 그건……

성준의 말에 태민은 쉽게 대답하지 못했다. 정산금에 손을 대지 않은 길드 가입은 아직까지 '대한민국'에 존재하지 않았다.

"제가 할 말은 다 했으니, 대화는 이만 끝내겠습니다."

성준은 전화를 끊었다.

"여보세요?"

성준의 대답은 들려오지 않았다. 태민은 한숨을 내쉬며 스마트폰을 내려놓았다. 조금 떨어진 곳에서 지켜보고 있던 용덕이 조심스러운 걸음으로 다가왔다.

"거절하던가요?"

"그래, 하지만 포기할 생각은 없다."

"그러면……."

"길드장님이랑 얘기 좀 해야겠다."

다행히 오늘은 길드장, A급 보조계 헌터인 김경호의 정규 공략팀이 쉬는 날이었다. 태민은 망설임 없이 길드장 집무실로 발걸음을 옮겼다. 별다른 일정이 없었던 경호는 사전 연락이 없었음에도 불구하고 급한 일이라는 태민의 말에 흔쾌히 집무실 문을 열어주었다.

"정태민 과장이 나를 찾을 일도 있고, 별일이네요."

경호는 태민에게 신입 헌터 영입에 필요한 권한을 대부분

허락했기 때문에 평소에는 회의 시간을 제외하면 두 사람이 따로 마주할 일은 거의 없었다.

"길드장님, 제가 특급 신인을 찾았습니다!"

"특급 신인이요? 그게 누구죠?"

"강성준이라는 이름의 B급 헌터입니다."

"강성준이라……"

태민의 말에 경호는 기억을 더듬었다.

"요즘 활약하고 있다는 무한 동력 강성준 말이죠?"

"네, 활약 정도가 아닙니다. D급 던전을 솔플로 공략해서 동급 헌터들의 기록을 자기 걸 포함해서 2번이나 갈아 치웠고 C급 던전도 솔플 클리어 시간이 5시간 정도입니다."

"정말요? B급으로 승급한 지 얼마 되지 않았다고 들었는데, 대단하네요. 어서 영입하지 않고 뭐 하고 있었어요?"

경호가 물었다. 태민은 고개를 살짝 숙이며 입을 열었다.

"실은 이미 접촉했지만 영입에 실패했습니다. 강성준 측에선 조건을 상향해 주는 것을 원하고 있는 것 같습니다."

"그럼 그렇게 하세요. 8대2까지는 조정할 수 있게 권한을 줬을 텐데요. 설마 다른 조건을 요구하던가요?"

"네, 정산금을 자체를 없애줬으면 좋겠다고 했습니다."

"아이가 없네요. 그런 조건을 한 번 들어주기 시작하면 끝이 없어요. 혹여나 실행한다고 해도 다른 길드의 A급 헌터를 상대로 하는 게 훨씬 이득일 거예요."

경호는 부정적인 태도를 보였다. 길드세를 없애는 특혜를 준다는 소문이 돌기 시작하면 길드가 끝없는 나락으로 빠져들 수도 있었다. 괜히 다른 유명 길드에서 시도하지 않는 게 아니었다. 모든 일에는 이유가 있다.

"하지만 강성준은 충분히 A급 헌터의 자질을 가지고 있습니다!"

"하지만 A급 헌터는 아니잖아요. 그렇죠?"

"그, 그건……."

경호의 날카로운 지적에 태민은 할 말을 잃고 말았다.

"저는 결과가 불확실한 곳에 투자하는 걸 별로 좋아하지 않아요. 뭐든 확실한 게 좋잖아요?"

경호는 아무것도 모르는 상태에서 주식에 거금을 투자했다가 크게 혼난 뒤로 많이 조심스러워졌다. 그의 성격은 길드 운영 방식에도 고스란히 반영되었다. 태민은 경호의 소극적인 태도가 하운드 길드의 상위권 진입을 아슬아슬하게 방해한다고 생각하고 있었다.

"하지만 길드장님! 가끔씩은 투자를 해야 발전이 있습니다!"

"위험도 따르죠. 그런 조건으로 강성준을 영입했다는 게 알려지기라도 하면 실력 있는 헌터들을 영입하려고 할 때마다 같은 조건을 제시해야 할 거예요."

경호의 말도 틀린 것은 아니었기 때문에 태민은 바로 대꾸하지 못했다.

"이 문제에 대해서는 다음에 다시 얘기하죠."

'다음은 아마 없을 것 같습니다.'

태민은 차오르는 말을 애써 삼키고는 짧은 대답과 함께 길드장 집무실을 나왔다.

"하아……."

사무실로 돌아온 그는 깊은 한숨을 내쉬었다. 오늘따라 길드장의 소심한 모습이 유난히 마음에 들지 않았다.

'이렇게 또 기회를 놓치네.'

태민은 이번 일로 하운드 길드가 상위권으로 도약할 기회를 놓쳤다고 생각했다.

9장
첫 번째 시련

　단검 투척술에 대한 기억을 활용하기 위해서 성준은 단검 아이템을 구매하기로 마음먹었다. 그는 가까운 헌터 마트로 발걸음을 옮겼다.

　헌터 마트는 던전 공략 후 헌터들이 매각한 아이템을 판매하는 곳이다.

　헌터 마트 들어서자 직원 한 명이 다가왔다.

　"어서 오세요, 자격증을 잠깐 확인할 수 있을까요?"

　헌터 마트는 헌터들만 이용할 수 있기 때문에 자격증 확인이 필수였다. 확인 절차가 끝나자 그는 내부로 들어갈 수 있었다.

　헌터 마트 내부는 아주 넓었고 종류별로 아이템이 잘 정리되어 있었다. 성준은 단검류가 모여 있는 곳으로 발걸음을 옮겼다. 여러 종류의 단검이 진열되어 있었다.

유도 기능과 회수 기능을 두고 망설였지만 회수 효과가 확인된 '되돌아오는 증오'라는 이름의 C급 아이템을 구입하는 것으로 결정지었다.

"계산해 주세요."

계산을 끝낸 그는 던전 관리국으로 가서 C급 던전 솔플을 신청했다.

'아이템을 샀으면 한번 시험해 봐야지.'

성준은 미소를 지었다.

"헌터님, 방금 일정이 잡혔습니다. 시간은 내일 2시입니다. 장소는 따로 안내될 예정입니다."

"감사합니다."

다음 날, 성준은 2시가 되기 전에 장소에 도착했다.

"바로 들어가시면 됩니다."

간단한 확인 절차를 끝내자 던전 관리국 직원이 옆으로 물러났다. 성준은 던전 입구를 열고 지하로 내려갔다.

2대의 조명 드론이 어둠을 밝혔다. 입구에서 마물들의 모습은 찾아볼 수 없었다. 짧은 복도 끝에는 낡은 철문이 있었다. 성준은 철문에 귀를 대고 정신을 집중했다.

'하나, 둘…… 열셋인가?'

마물의 종류는 알 수 없었지만 그 수는 알 수 있었다.

"쿠워어어어!"

문을 열기 무섭게 오크 라이더 셋이 사나운 포효를 내지르며 돌진해 왔다. 멀리 떨어져 있었지만 금세 거리를 좁혀오고 있었다.

'새로운 기술을 시험해 보자.'

성준은 어제 산 '되돌아오는 증오'라는 이름의 단검을 뽑아 던졌다. 바람을 가르며 날아간 단검은 오크 라이더가 타고 있는 블러드 울프의 두개골을 꿰뚫고 뇌를 찔렀다.

"크워어!"

블러드 울프가 쓰러지자 오크 라이더는 꼴사납게 바닥을 뒹굴었다. 골절이 심각한 것인지 쉽게 일어나지 못했다.

'남은 건 둘.'

성준은 손을 들어 올리며 입을 열었다.

"회수."

헌터 마트의 판매원이 가르쳐 준 대로 명령어를 내뱉자 하늘로 내뻗은 손에 단검이 돌아왔다. 회수하는 속도가 생각보다 빨랐다.

단검이 손에 잡히자 성준은 망설임 없이 다음 표적을 노렸다.

휙.

날렵하게 날아간 단검은 오크 라이더의 가죽 갑옷을 꿰뚫고 심장을 찔렀다. 오크 라이더 하나와 블러드 울프 둘이 남았다.

'뒤에는 열 마리.'

그들의 뒤에선 열 마리의 트롤이 달려오고 있었다. 그들은 검과 창으로 무장했다.

성준은 단검을 회수하는 대신 검을 뽑았다. 그가 마물들의 틈을 스쳐 지나가는 순간, 붉은 피가 분수처럼 솟구치고 마물들이 쓰러졌다. 골절상을 입고 쓰러져 있는 오크 라이더의 숨통마저 끊어놓은 성준은 다가오는 트롤 무리를 맞이했다.

"키에에에엑!"

트롤 광전사와 제사장도 쉽게 상대하는 성준에게 평범한 트롤들은 상대가 되지 않았다. 오러를 사용할 필요도 없었다.

검이 춤을 추자 트롤들이 차례대로 쓰러졌다.

"흡수."

쓰러진 마물들의 시체에서 마력을 흡수하는 것까지 끝마치자 성준은 다음 방으로 발걸음을 옮겼다.

'빨라졌다.'

두 번째 방까지 클리어한 성준은 단검 투척술 덕분에 사냥이 빨라졌을 뿐만 아니라 쉬워진 것을 체감했다. 마물 서넛을 단검으로 처리하고 전투가 시작되니까 그만큼 사냥 속도가 빨라질 수밖에 없었다.

'벌써 보스방이네.'

쉬지 않고 공략을 진행한 덕분에 금세 보스방에 도달했다. 성준은 망설임 없이 문을 열었다. 드론의 조명이 어두운 내부를 비추자 보스의 그림자가 희미하게 보였다.

"하수인은 없나……?"

성준은 검을 고쳐 쥐고는 안으로 들어갔다. 그리고 그 순간, 보스의 그림자가 사라지고 공동이 크게 진동하기 시작했다. 문이 닫히고 땅에서 거대한 무언가가 솟구쳤다. 드론의 조명이 거대한 몸을 비추자 그것의 정체를 알수 있었다.

'스톤 골렘? 히든 던전인가……?'

스톤 골렘은 B급 던전의 보스방이나 A급 던전에 주로 출현하는 마물이다. C급 던전에 출현할 리가 없었다. 아무래도 낮은 확률로 만나게 되는 잠복형 히든 던전에 들어온 것 같았다.

'핵은 역시 정수리에 있네.'

성준의 시선이 스톤 골렘의 전신을 빠르게 훑었다. 키는 3m 정도였고 몸은 단단해 보이는 암석으로 만들어져 있었다. 유일하게 돌이 아닌 부분은 정수리 부분에 위치한 '핵'이었다.

'골렘은 핵을 파괴해야 한다.'

혼자서 골렘의 '핵'을 노리는 것은 쉽지 않았지만 성준은 자신감이 넘쳤다. 자신의 속도라면 골렘의 공격을 피해 '핵'을 파괴하는 게 어렵지 않을 것이라고 생각한 것이다.

다행히 다른 마물은 보이지 않았다.

'속도로 승부한다.'

성준은 천천히 다가오는 골렘을 향해 달렸다. 단검을 던져 핵을 노리자 골렘은 팔을 들어 올려 방어했다. 핵을 지켜냈지만 시야가 차단되었다. 그 사이 성준은 골렘의 뒤를 잡았다.

'3m 정도면 어렵지 않아.'

성준의 두 눈이 반짝였다.

점프 한 번으로 정수리에 도달할 수 있다. 성준은 점프하여 골렘의 뒷목에 올라탔다. 그리고 검을 들어 올렸다가 핵을 향해 힘차게 내려찍었다.

쾅!

검에 실린 힘은 엄청났다. 일격에 '핵'이 박살 났고 골렘은 힘없이 쓰러졌다.

"히든 던전치고는 난이도가 낮은 편이었나?"

성준은 옷에 묻은 먼지를 털어내며 혼잣말을 내뱉었다. 이윽고 주머니에 넣어두었던 계측기가 반응했다.

-공략 확인, 계측 완료. B급 던전을 클리어하셨습니다.

예상대로 히든 던전치고는 난이도가 높지 않았다.

"흡수."

성준이 마력를 흡수하자 골렘의 잔해는 마정석과 작은 목걸이 하나를 남기고 사라졌다.

-새로운 아이템의 존재를 확인.

계측기가 아이템의 존재를 확인했다. 성준은 마정석을 가방에 집어넣고 목걸이에 계측기를 가져갔다.

[망자의 기억]
B급.
소환 효과 확인.

'소환?'
소환은 희귀한 기능이었다. 호기심이 생긴 성준은 아이템을 목에 걸었다. 보통 이런 아이템은 시동어를 내뱉는 것으로 작동하는 경우가 많았다.
소환 기능의 시동어는 성준의 기억이 틀리지 않다면…….
"소환."
성준은 소량의 마력이 빠져나가는 것을 느꼈다. 그의 마력을 흡수한 목걸이가 푸른빛으로 빛났다.
허공에 넓게 퍼진 마력은 서서히 사람의 형상으로 변해 갔다.

잠시 후 완전한 형상을 갖췄을 때, 그곳에는 푸른 마력으로 이루어진 장발의 기사가 서 있었다.

처음 보는 얼굴이었지만 낯설지 않았다.

-주군을 뵙습니다.

대답이 없자 장발의 기사는 씁쓸한 미소를 머금고 재차 입을 열었다.

-역시 기억나지 않는 모양이군요. 사실 저 또한 기억이 완전하지 않습니다.

"누구냐, 넌."

-소개가 늦었습니다. 저는 리슈발트입니다. 주군에게 충성을 맹세한 기사입니다.

리슈발트의 대답에 성준은 상황을 어느 정도 이해할 수 있었다. 아마 그는 성준의 전생, 로우켈을 보필했던 기사일 것이다. 언뜻 희미한 기억 속에서 그의 이름이 떠오르는 것 같기도 했다.

"좋아, 리슈발트. 네가 할 수 있는 건 뭐가 있어?"

-지금 당장 제가 할 수 있는 건 주군의 동조율을 체크해 드리는 것 정도입니다.

"동조율? 그게 뭐야?"

성준이 물었다. 리슈발트는 고개를 들고 말했다.

-주군의 전생과 현재 육체의 동조율입니다. 주군이 전생의 기억을 되찾을수록 동조율은 높아지며, 잃어버린 힘을 되찾게

됩니다.

"그렇다면 동조율을 높일 수 있는 방법은?"

-지속적인 수련과 마력 흡수를 통한 마력 공급입니다.

리슈발트의 대답에 성준은 고개를 끄덕였다. 지금까지 해온 방법이 틀리지는 않아서 다행이라고 생각했다.

"리슈발트, 지금 동조율을 알 수 있을까?"

성준의 물음에 리슈발트는 미소를 지으며 입을 열었다.

-지금 주군의 동조율은 '5%'입니다.

동조율 5%. 높은 수치가 아닌 것만은 분명했다. 하지만 그럼에도 불구하고 성준은 C급 던전을 어렵지 않게 혼자서 공략하고 있었다.

5%도 이렇게 강한데 100%가 되면 얼마나 강해질까?

얼마나 강해질지 상상조차 할 수 없었고 두려울 정도였다. 성준의 시선이 다시 리슈발트에게 향했다.

"동조율이 높아지면 할 수 있는 게 더 많아져?"

대답이 들려왔다.

-기억이 완전하지 않습니다. 하지만 동조율이 높아지면 주군을 다방면으로 보필할 수 있습니다. 대표적으로 각성 던전으로 향하는 문을 제가 열 수 있습니다.

"각성 던전?"

-동조율이 일정한 수준을 넘어서면 입장할 수 있습니다. 부

여되는 시련을 견뎌내면 강해집니다.

리슈발트의 설명이었다.

"그건 그렇고 밖에서는 어떻게 할 거야? 설마 다른 사람들한 테도 보이는 건 아니지?"

-걱정하지 않으셔도 됩니다. 제 모습을 볼 수 있는 분은 주 군이 유일합니다.

리슈발트의 대답에 성준은 고개를 끄덕였다. 이걸로 다른 사람들의 시선 문제는 해결되었다. 뒤에 귀신같은 게 하나 따 라다니면 시선이 집중되는 것은 피할 수 없었을 것이다. 물론, 리슈발트와 대화를 하는 게 다른 사람들에겐 혼잣말을 하는 것으로 보이는 것도 문제겠지만.

'잠깐만…….'

"계속 따라다닌다는 거야?"

-물론입니다. 주군의 곁을 떠나지 않을 겁니다.

"24시간?"

-물론입니다. 24시간.

성준은 눈살을 찌푸렸다.

-안심하시길, 방해하지 않겠습니다.

뭘 방해하지 않겠다는 것인지 모르겠다. 성준은 고개를 저 으며 한숨을 내쉬었다.

'신기록은 글러먹었네.'

리슈발트와 대화를 하느라 시간을 많이 소모했다. 이왕 이렇게 된 거 성준은 리슈발트에게 몇 가지를 더 질문해 보기로 했다.

"전생의 나는 어떤 사람이었지?"

각성과 함께 전생에 관한 기억이 살아났지만 여전히 모르는 게 너무나 많았다. 그래서 알고 싶었다.

전생의 '나'에 대해서.

-기억의 대부분이 소실되어 있지만 한 가지는 분명합니다. 주군께서는 13기사회의 일원으로 모두의 존경을 받은 기사이며, 검, 그 끝을 본 검성이셨습니다.

"그렇다면 물어볼게. 존경받는 기사이며, 검성이었던 나를 배신한 자들은 누구야?"

-13기사회입니다.

혹시나 싶었는데 역시나.

리슈발트의 분노에 일그러진 표정이 그가 느끼는 감정을 말해주고 있었다.

"자세한 정보는 모르고?"

-기억을 깨우기에는 동조율이 부족합니다.

예상했던 대답이었다. 성준은 아쉬움을 거두고 검을 집어넣었다.

"마지막으로 하나만 더 물어볼게. '각성 던전'이라는 곳을 클리어하면 나한테 무슨 이득이 있지?"

성준의 질문에 바로 대답이 나왔다.

-동조율이 추가로 상승하면서 신체가 활성화되고 새로운 기억을 얻을 수 있습니다.

"조건은."

-일정한 수치의 동조율과 보스방까지 공략을 끝낸 C급 이상의 던전이 필요합니다. 그리고 지금 주군의 동조율로도 1차 관문에 입장할 수 있습니다.

성준은 지금 보스방까지 공략이 끝난 C급 던전에 있었다. 그는 혹시나 하는 심정에 리슈발트를 보며 입을 열었다.

"지금 들어갈 수 있어?"

-1차 관문에 입장할 수 있는 동조율 조건을 만족한 상태입니다. 승인하시면 바로 진입할 수 있습니다.

"들어가자."

-문을 열겠습니다.

리슈발트의 손끝에서 확산된 마력이 넓은 공동의 벽면을 한 차례 훑었다. 벽면이 어둠과 함께 녹아내렸다. 그리고 재구성되었다. 정신을 차렸을 때 주변은 많이 달라져 있었다. 조금 전

까지 지하 미궁에 있었다면 지금은 귀족 저택 분위기의 복도
였다.

"A급 던전은 아니지?"

A급 이상의 공략 난이도를 가진 던전부터는 필드가 다양했
다. 성준은 눈에 띄게 달라진 공간을 보고 A급 던전임을 짐작
했지만.

-각성 던전의 특수성입니다. 이 세계의 공략 난이도로 따진
다면 B급 정도가 될 겁니다.

"시간이 좀 걸리겠네."

B급 던전의 솔플은 처음이었다. 하지만 결코 공략 실패를
염두에 두지 않을 정도로 자신감이 넘쳤다. 그저 공략 시간이
좀 더 걸릴 것이라 생각할 뿐이었다.

-각성 던전에 입장하면 다른 곳의 시간은 멈추게 됩니다. 식
량만 충분하다면 여유롭게 공략하서도 바깥의 시간은 1초도
흐르지 않습니다. 리슈발트가 설명했다. 성준은 고개를 끄덕
였다.

복도의 끝에서 기척이 느껴졌다.

"온다."

성준은 검을 뽑아 들었다.

"전투에 참여할 수 있나?"

혹시나 싶어 물었지만.

-물리력을 행사할 수 없습니다. 죄송합니다.

리슈발트의 대답에 성준은 고개를 저었다. 생각보다 쓸모없는 녀석이라는 생각이 들었다.

"사람?"

긴 복도 끝의 어둠을 뚫고 나타난 이들의 모습을 확인한 성준은 고개를 갸웃할 수밖에 없었다. 얇은 흉갑과 군복을 입은 그들은 마물이 아니라, '사람'이었다.

"@#%!"

"@$%!"

그들은 의미를 알 수 없는 언어로 말하며 성준을 향해 창칼을 겨눈 채 천천히 거리를 좁혔다.

-그건 중요하지 않습니다. 던전에 나타난 순간부터 그들은 마물과 다를 바 없습니다.

성준은 입꼬리를 끌어 올렸다. 그도 리슈발트와 같은 생각이었다.

"그래, 그런 건 중요하지 않아."

성준은 적들을 향해 돌진하며 검을 휘둘렀다. 선두에서 창을 겨누고 있던 병사 둘의 목이 날아갔다.

"나한테 칼을 들이댄 게 잘못이야."

수십 년의 경험으로 다져진 실전 검술. 그 일부라도 활용할 수 있다는 것은 적들에게는 재앙이었다.

크아아악! 허억!

다른 언어를 사용하는 것 같았지만 비명만큼은 알아들을 수 있었다. 선두 대열이 무너지자 병사들 사이에 혼란에 퍼져 나갔다.

성준의 검이 쉬지 않고 움직였다. 검에 실린 괴력은 병사의 팔다리 정도는 쉽게 잘라냈다.

"커헉!"

11명이 1분 남짓한 시간 만에 모두 시체가 되었다.

"오크보다 조금 더 센가? 입구를 지키는 마물치고는 나쁘지 않아."

성준은 인간의 모습을 한 자들을 벌써 마물로 취급하고 있었다. 다른 이들이 봤으면 소름이 돋을 정도로 냉혹한 모습이었지만 리슈발트는 익숙한 듯 고개를 끄덕였다.

"그런데 리슈발트, 왜 이 녀석들은 마정석을 남기지 않는 거지?"

-그것은 각성 던전이라서 그런 것 같습니다.

"그래? 알았어."

성준은 검에 묻은 피를 한 차례 털어낸 뒤, 던전의 깊은 곳으로 걸음을 옮겼다.

'기사는 조금 힘드네.'

처음에는 가벼운 무장의 병사들만 출현했지만 깊은 곳으로 들어갈수록 판금 갑옷을 입은 기사들이 섞여 출현했다. 병사들에 비해선 실력이 우수했지만 성준의 상대가 되지는 못했다.

"@$…… @%^!"

홀로 남은 병사가 두려움에 질린 얼굴로 창을 버리고 도망치기 시작했다. 성준이 던진 단검이 뒷목에 꽂히자 병사는 힘없이 쓰러졌다.

"회수."

단검을 회수했다. 그리고.

"흡수."

시체에서 마력을 흡수했다. 이번에도 시체는 마정석을 남기지도 않았고 소멸하지도 않았다.

성준은 이상하다고 생각했지만 리슈발트의 설명을 떠올리고는 이내 고개를 저었다. 더는 고민할 여유도 없었다. 바로 적의 기척이 느껴졌기 때문이다.

각성 던전의 '마물'들은 다른 던전의 '마물'들에 비해 능동적이었다. 자기 자리만 지키고 있지 않고 적극적으로 침입자를 요격하기 위해 움직였다.

"@$%!"

"%^%$!"

넓은 홀로 들어가자 궁병 다섯과 기사 셋이 성준을 맞이했다. 기사들은 뒤편의 2층 난간에 배치된 궁병들 덕분에 자신감을 얻은 것인지 의기양양한 표정으로 검을 뽑아 들었다.

"@%%@!"

알아들을 수 없었지만 기분 나쁜 웃음이었다.

-저들이 주군을 조롱하고 있는 것 같습니다.

"그건 말 안 해도 알아."

궁병들이 시위를 당겼다. 그 모습을 본 성준은 허리띠에 걸려 있는 단검을 뽑아 궁병을 향해 던졌다.

"컥!"

가슴에 단검이 꽂힌 궁병이 고꾸라지자 다른 이들이 시위를 놓았다. 날아오는 화살에 정신을 집중하자 너무나 느리게 느껴졌다. 2발은 피하고 뒤이은 2발은 검을 휘둘러 쳐냈다.

"%@$!"

"%@%^!"

"회수!"

궁병들의 목소리에 놀란 감정이 실려 있었다. 궁병들이 화살통을 더듬는 사이, 성준이 재차 던진 단검에 한 명이 더 쓰러졌다.

"$%$!"

그러자 기사들이 나섰다. 그들은 성준을 향해 무거운 걸음을 옮겼다.

쿵! 쿵! 쿵!

걸음걸이는 묵직했지만 숙련된 기사들답게 움직임은 날렵했다. 성준은 궁병들의 개입을 막기 위해 기사들과 근접전을 펼쳤다.

리슈발트는 성준에게 방해가 되지 않기 위해 뒤로 몇 걸음 물러났다.

'눈에 보여.'

몇 번 검을 주고받으며 보는 것만으로 그들의 검술을 간파했다.

"눈에 보인다고!"

끝낼 때가 왔다. 성준이 들어 올린 검이 기사 셋의 목을 차례대로 베고 지나갔다. 기사들은 검을 들어 방어 자세를 취했지만 이미 그들의 동작을 모두 읽어낸 성준은 교묘하게 빈틈을 노렸다.

"큭!"

거의 동시에 세 개의 핏줄기가 솟구치며 기사 셋이 힘없이 쓰러졌다.

쿵!

갑옷을 입은 무거운 몸이 쓰러지면서 육중한 소리와 함께 나무로 된 바닥이 크게 흔들렸다. 기사들이 전멸하자 궁병대는 많이 당황했다.

그들을 향해 성준의 단검이 차례대로 날아가 꽂혔다.

"흡수."

단검을 회수한 뒤 마력을 흡수했다. 지친 육체가 회복되는 것이 느껴졌다. 성준은 리슈발트를 보며 입을 열었다.

"마력 흡수라는 거…… 편리하네."

-주군께서 독창적으로 개발한 기술입니다. 보통 마법사들이 사용하는 것보다 효율이 좋습니다.

"그래?"

-네, 동조율이 높아지면 지금보다 효율이 더 좋아질 겁니다.

리슈발트의 말에 성준은 놀랐다. 지금보다 고효율이라고?

"더 많이 회복된다는 소리야?"

-그렇습니다.

동조율 5%라는 소리를 들었을 때도 그렇고 오늘 성준은 여러 번 놀랐다.

"일단 가자."

그는 복도를 따라 걸었다.

각성 던전에 입장하고 몇 시간이 흐른 것 같았다. 다른 헌터들이라면 휴식을 취할 때가 되었지만 전투가 끝날 때마다 마력 흡수로 체력과 마력을 회복한 탓에 성준은 휴식이 필요하지 않았다.

"뭐 좀 먹고 가자."

다만, 마력 회복으로도 허기는 사라지지 않아서 뭔가를 먹어야만 했다. 앉아서 먹을 시간도 아깝다고 생각한 그는 육포를 몇 개 꺼내 씹으며 복도를 따라 걸었다. 마물은 더 이상 나타나지 않았다.

그렇게 복도의 끝에 도착했다. 앞에는 고풍스러운 문양이 새겨져 있는 나무로 된 문이 있었다.

성준은 정신을 집중했다.

'기척은 하나.'

절제된 살기가 느껴지는 것으로 보아 전투를 준비하고 있는 것 같았다.

"왜 그래, 리슈발트. 매복이 있어?"

성준의 물음에 리슈발트는 고개를 저었다.

-아닙니다. 단지 문에 각인된 문양이 어딘지 모르게 익숙해서 말입니다.

"우리가 있던 곳에서 쓰던 거야?"

-확실하지 않습니다. 죄송합니다.

성준이 물었지만 리슈발트의 기억은 정확하지 않았다. 보스 방을 앞에 둔 상황이었고, 출현하는 마물들이 능동적인 만큼 시간을 지체할 수 없었다.

성준은 보스방의 문을 힘차게 열고 들어섰다. 낡았지만 고급스러운 분위기의 집무실이었다. 집무실이라고 표현은 했지만 뛰어다녀도 될 정도로 넓었다.

"@$%!"

몇 시간 동안 계속 들어서 어느덧 익숙해진 언어였지만 뭐라고 하는지는 알 수 없었다. 다만 목소리에 날이 서 있는 것으로 보아 화가 난 것 같았다.

-화가 난 것 같습니다.

"설명 안 해도 알아."

성준은 신경질적으로 말하며 방어 자세를 취했다.

정면의 기사가 호흡을 가다듬었다. 그리고 직후, 그의 몸이 총탄처럼 성준을 향해 쏘아졌다.

칼날에서 푸른 오러가 일렁였다.

'빠르다!'

성준의 동체 시력으로도 완벽하게 좇을 수 없을 정도로 빨랐다. 하지만 움직임을 예측하지 못할 정도는 아니었다.

그는 예상되는 공격 경로에 검을 들어 올려 방어를 시도했다. 그의 검에서도 오러가 빛났다.

"큭!"

-주군!

속임수였다.

복부에서 느껴지는 아찔한 고통에 성준은 신음을 흘렸다. 섬뜩한 기세를 느끼고 급히 뒤로 물러나지 않았다면 내장이 쏟아졌을 것이다.

'익숙한 검술이다.'

성준은 검을 회수하며 거리를 벌렸다. 보통은 몇 번 검을 나눠야 읽을 수 있는데, 방금 전의 검술은 너무나 익숙했다.

급소를 노리는 척 속임수를 섞어 다른 곳을 노린다, 그것도 반격이 불가능할 정도로 교묘하게.

-주군!

"나도 알고 있어!"

눈앞의 기사가 사용하는 검술은 다듬어지지 않았지만 성준의 전생, 로우켈이 주로 사용했던 실전 검술을 원류로 두고 있는 것 같았다.

"@%%!"

기사는 쉬지 않고 공세를 펼쳤다. 성준은 처음 일격을 허용했지만 곧 침착하게 방어를 이어갔다. 하지만 동조율이 낮은 탓에 검술을 완벽하게 펼칠 수 없어 전신에 상처가 늘어갔다. 복부의 상처도 점차 깊어지고 있었다.

'젠장, 틈을 주지 않네.'

성준은 마른침을 삼켰다. 이대로는 위험했다.

날카로운 칼날이 쉬지 않고 쇄도했다. 급소의 방어에 집중하면 속임수를 섞어 다른 곳을 노렸다.

전생의 경험이 녹아 있는 본능이 아니었다면 이미 치명상을 입고 쓰러졌을 정도로 기사의 검술은 매서웠다.

"!@#%!$"

검을 회수한 기사가 찌르기를 시도했다. 그 순간이었다.

우연이었을까?

성준은 그의 움직임을 완전히 읽어낼 수 있었다. 그는 손등으로 검의 측면을 쳐냈다. 기사의 검이 둥근 궤적을 그리며 옆으로 튕겨져 나갔다. 오르는 칼날 부분에만 작용하기 때문에 상처는 입지 않았다.

"크윽!"

성준이 기사의 허벅지를 발로 걸어찼다. 인간을 초월한 근력이 담겨 있는 발차기는 기사의 갑옷을 우그러뜨리고 뼈를 부러뜨렸다.

이제 선택할 시간이다.

검으로 목을 노리느냐, 뒤로 물러나 재정비를 하느냐.

'정했다!'

짧은 고민 끝에 성준은 결정을 내렸다. 이미 기사는 검을 회수했기에 목을 노릴 수는 없었다. 그래서 뒤로 급히 물러나는 것을 택했다.

왼쪽 허벅지 뼈가 부러진 기사는 추격하지 못했다.

그를 보며 성준은 손을 상처로 가져갔다. 조금 전에는 공세가 이어져서 힘들었지만 지금은 가능했다.

"힐."

피가 멎고 칼에 베인 상처가 빠르게 치유되기 시작했다. 그만큼 많은 양의 마력이 빠져나갔지만 마력 흡수로 꾸준히 마력을 회복한 덕분에 여유로웠다.

"@%%^!"

기사가 알 수 없는 언어로 말했다. 목소리에서 당황한 기색이 역력했다.

검의 경지도 높은데 '힐'까지 사용할 줄은 몰랐겠지.

성준의 입가에 미소가 번졌다.

"내가 본직이 힐러거든."

성준이 말했다. 서로 말은 통하지는 않았지만 조롱하는 의미는 분명하게 전달되었다. 기사는 피가 맺힐 정도로 입술을 강하게 깨물었다.

"@%$!!!"

날카로운 고함.

하지만 그는 왼쪽 다리뼈가 부러진 탓에 조금 전처럼 빠르게 거리를 좁혀오지 못했다.

-적이 기동력을 잃었습니다.

지켜보고 있던 리슈발트가 설명했다. 지금의 성준은 로우켈의 실전검의 일부만 구사할 수 있는 상황이었지만 두 다리가 멀쩡하고 복부의 상처도 빠르게 회복되고 있었다.

전체적으로 유리하다고 볼 수 있었다.

'장기전으로 갈수록 내가 유리해.'

그는 '힐'을 사용해서 부상을 치유할 수 있지만 상대는 그렇지 않다. 그것은 성준에게 이점으로, 기사에게는 약점으로 작용했다.

'약점을 찌르는 건 비겁한 게 아냐.'

성준은 기사와의 거리를 일순간 좁혔다. 잠시 모습을 감췄던 오러가 다시 성준의 검에 깃들었다.

둘은 서로 검을 주고받았다. 오러가 충돌하면서 마력을 흩뿌렸다.

"큭!"

"윽!"

서로가 내찌른 검이 허리를 스쳤다.

성준의 상처가 더 깊었지만.

"힐!"

그에겐 '힐'이 있었다. 성준은 재빨리 뒤로 물러나서 '힐'을 사용했다.

빈틈을 주지 않고 매서운 공세를 펼쳤던 상대도 조금 전과는 달리 왼쪽 다리뼈가 부러진 지금은 쉽게 성준의 움직임을 따라오지 못했다.

"@%$%$!!"

욕설을 내뱉는 것 같았다. 하지만 성준의 상황도 마냥 여유로운 건 아니었다.

-오러를 사용할 수 있는 시간이 5초 남았습니다.

리슈발트가 경고했다. 동조율이 낮은 지금은 오러를 유지할 수 있는 시간이 제한되어 있다. 소강상태가 될 때마다 오러를 거두었음에도 5초밖에 남지 않았다는 사실에 성준은 이를 악물었다.

"한계를 조금 넘어버린 것 같은데……"

-그렇습니다. 현재 동조율은 한계를 넘어서 6% 정도입니다.

리슈발트가 보고했다.

성준은 기사와의 거리를 벌렸다. 기사는 공격에 대비해 검을 들어 올려 방어 자세를 취했다.

전투가 계속되었지만 그의 오러는 선명했다. 그는 공격하지 않았다. 시간이 지나자 기사도 오러를 유지하는 데 지친 것인지 굵은 땀방울을 흘렸다.

-오러가 흔들리고 있습니다.

리슈발트의 말대로 기사의 오러가 희미해졌다. 하지만 오러를 거두는 순간 성준이 공격을 감행할 것을 알기에 오러를 유지하기 위해 안간힘을 썼다. 먼저 공격하고 싶었지만 다리뼈가 부러져 있어서 섣불리 움직이면 되레 자세가 무너지면서 당할 수도 있었다.

시간이 흐르자 기사의 오러가 완전히 사라졌다.

"잘 가라."

성준은 긴 전투의 끝을 선고했다. 일순간 거리를 좁힌 그는 오러가 깃든 검으로 기사의 목을 쳤다.

기사는 소용없다는 것을 알면서도 검을 들어 올려 방어를 시도했지만 오러를 담은 로엘이 철검과 기사의 목을 함께 자르고 지나갔다.

쿵!

머리를 잃은 몸은 피 분수를 쏟아내며 쓰러졌다.

-숨이 끊어졌습니다.

"나도 알아."

성준은 지친 목소리로 대답했다. 살아 있을 리가 없다. 목이 날아갔으니까.

"후우!"

그는 거칠어진 호흡을 정돈했다. 역시 B급에 준하는 난이도는 아직까지 솔플하기엔 벅찼다. 각성 던전이라는 특수한 경우가 아니었다면 파티를 구했을 것이다.

"흡수."

-공략 확인, 계측 완료. B급 던전을 클리어하셨습니다.

-새로운 아이템의 존재를 확인.

기사에게서 마력을 흡수하자 주머니에 넣어둔 계측기가 반응했다.

-오른손에 낀 반지가 아이템인 것 같습니다.

굳이 계측기로 전신을 스캔할 필요 없이 리슈발트가 아이템으로 보이는 것을 찾아냈다. 성준은 기사의 손가락에서 반지를 뽑아 계측기에 가져갔다.

[알 수 없는 반지]

B급.

알 수 없음.

성준은 고개를 갸웃했다. 계측기가 감정할 수 없는 아이템은 처음이었다.

-주군.

지켜보고 있던 리슈발트가 조심스럽게 입을 열었다.

-제가 감정할 수 있을 것 같습니다.

성준이 들어 올린 반지를 향해 리슈발트가 마력을 흘렸다. 반지는 푸른빛의 마력을 흡수하더니 한 차례 반짝였다.

-다시 확인해 보십시오.

리슈발트의 말에 성준은 다시 계측기에 반지를 가져갔다.

[기사 여단의 반지]

B급.

오러 지속 효과 확인.

"오러 지속 효과……?"

성준은 반지를 자세히 살폈다. 보석 대신 숫자 500이 각인되어 있었다. 리슈발트가 입을 열었다.

-감정 결과, 오러를 30초 정도 더 지속할 수 있습니다.

"괜찮은 옵션이네?"

강철조차 우습게 잘라 버리는 오러를 30초나 더 유지할 수 있다는 것은 엄청난 옵션이었다. 조금 전의 전투만 해도 오러를 더 유지할 수 있었다면 전투 시간이 1시간 이상 줄어들었을 것이다.

-각성 던전의 공략이 끝났습니다. '귀환'합니다.

리슈발트가 손을 들어 올리자 주변이 신기루처럼 녹아내리면서 다량의 마력이 성준과 리슈발트에게 흘러 들어왔다. 정신을 차렸을 땐 아무것도 없는 C급 던전의 보스방이었다.

-동조율이 8%가 되었습니다.

"고생한 보람은 있네, 뭐가 달라졌지?"

-오러의 유지 시간이 1분으로 늘었습니다. 조금 전에 얻은 아이템까지 더하면 1분 30초 정도 사용할 수 있습니다.

군이 시험해 볼 필요 없이 리슈발트가 자세하게 설명해 주니까 편했다.

15시간 이상을 던전에서 보낸 탓에 정신적인 피로가 쏟아졌다. 조금이지만 한계를 넘는 바람에 전신에서 미약한 통증도 느껴졌다.

"힐."

성준은 치유를 시전하여 고통을 줄였다.

그가 고개를 들어 리슈발트를 보았다.

"혹시 각성 던전을 꼭 공략해야 하는 거야? 페널티 같은 게 있어?"

-자세한 건 아직 모르겠습니다만, 조금 전에 마력을 흡수하면서 깨어난 기억에 의하면……

리슈발트는 잠시 말을 멈췄다. 성준은 그에게 집중했다.

-페널티가 있습니다.

"무슨 페널티?"

-그게 기억나지 않습니다.

리슈발트의 대답에 성준은 작게 한숨을 내쉬었다. 정말 쓸모없는 녀석이라고 생각하며 반지를 들어 올렸다.

"기사 여단이라…… 어디서 들어본 이름 같은데……?"

아이템의 이름은 분명 '기사 여단의 반지'였다. 전생의 기억에서 기사 여단이라는 단어를 들어본 것 같았다.

-기사 여단은 13기사회의 친위대입니다. 500명의 최정예 기사와 4,500명의 정예병으로 구성되어 있습니다.

각성 던전을 공략하면서 기억이 회복된 것인지 리슈발트는 신나게 설명했다. 성준은 고개를 끄덕이며 반지에 각인된 '500'이라는 숫자를 가리켰다.

"이건 무슨 의미야? 혹시 알고 있어?"

리슈발트의 시선이 반지로 향했다. 그는 차분한 표정으로 입을 열었다.

-서열 500위라는 뜻입니다.

"서열 500위?"

성준의 되물음에 리슈발트는 고개를 끄덕였다.

-여단에 소속된 기사들은 서열을 가지고 있습니다. 방금 전 주군과 싸웠던 기사는 제일 약한 기사였습니다.

"기사 여단이라는 곳도 괴물들만 가득한가 보네."

-부정하진 않겠습니다.

리슈발트는 고개를 끄덕였다.

"시간도 꽤 많이 잡아먹은 것 같은데 슬슬 나가자."

성준이 말했다. 각성 던전을 공략하기 전에 리슈발트를 처음 만나고 대화를 나누면서 시간이 꽤나 흘렀다.

신기록은 물 건너갔다.

던전을 나온 그는 던전 관리국의 정산 센터를 찾아가 마정석을 매각했다. 3억 원을 정산받게 되었다.

'며칠 쉬어야겠다.'

이번 던전 공략으로 통장 잔고가 10억 원을 넘었다. 다른 헌터들과 달리 휴식이 거의 필요 없는 성준이 아니었다면 단기간에 이렇게 많은 돈을 모으는 것은 불가능했다.

하지만 각성 던전의 강한 보스와 싸운 탓에 정신적인 피로가 많이 누적되었다. 쉬어줘야 할 때가 왔다.

'돈도 충분하니까.'

아직까지 한국중앙병원에서 추가 치료비 결제를 요청하지 않았다. 그래서 성준은 며칠 정도 쉴 생각이었다. 사실상 각성 던전은 B급 던전을 홀로 공략한 것이나 마찬가지였다. 보통 헌터들이 10일 이상을 쉬는 것을 감안하면 이것도 적게 쉬는 편이었다.

"집에 가자."

-주군의 저택이라니, 기대됩니다.

"너무 기대하지는 마."

성준은 택시를 타고 집으로 향했다. 다른 사람들에겐 보이지 않는다는 말이 사실인지, 성준의 뒤에 귀신같은 게 하나 뒤따르고 있었지만 신경 쓰는 사람은 없었다.

이윽고 성준의 원룸이 있는 빌라에 도착했다. 리슈발트는 고개를 끄덕이며 입을 열었다.

-역시 주군이십니다. 건물 하나 정도는 가지고 계실 것이라
생각했습니다.

성준은 그만 할 말을 잃고 말았다.

10장
위험한 녀석

대한민국의 길드 상위 30위에 랭크된 대악마 길드의 길드 하우스는 오늘도 바쁘게 흘러가고 있었다.

악명 높은 대악마 길드에서도 잔혹하기로 유명한 집행부의 수장 한유진은 하이힐 특유의 걸음 소리와 함께 길드장 집무실을 향해 걸음을 옮겼다.

그녀 자신도 A급 헌터였을 뿐만 아니라 길드의 일을 처리하기 위해 몰래 죽여온 사람만 해도 세기 힘들 정도라서 그런지 절제된 살기가 흘러나오고 있었다.

똑똑.

"들어와."

집무실의 문을 두드리자 냉기가 섞인 목소리가 들려왔다.

유진이 문을 열고 들어가자 대악마의 길드장 장석호의 시선이 꽂혔다.

"부르셨어요?"

유진이 안경을 살짝 밀어 올리며 눈웃음을 보였다. 석호는 책상 위에 놓여 있던 서류 하나를 집어 들었다.

"읽어봐."

"네에."

유진은 책상 앞으로 다가와 서류를 집어 들고 읽었다. 그리고 놀란 표정과 함께 입을 열었다.

"와아, 대단해! C급으로 각성하고 몇 달 만에 B급으로 승격했네요? 솔플 신기록 경신도 2회나 있고요. 이 사람, 누구예요?"

"집행부장도 들어는 봤을 거야. '정당방위'나 '무한 동력'이라는 별명으로 불려."

"아! 들어봤어요!"

유진은 활짝 웃으며 서류를 돌려주었다. 석호는 입꼬리를 끌어 올렸다. 전체적으로 야비해 보이는 얼굴을 한 그가 그런 표정을 지으니 소름이 끼칠 정도였다.

"일단 영입과장을 보냈는데…… 피닉스 길드랑 하운드 길드의 제안을 거절한 걸 보면 좋은 결과는 기대할 수 없을 것 같다."

"괜히 강 과장님만 헛걸음하는 거 아니에요? 그냥 저한테 이야기했으면 애들을 보냈을 텐데요."

"그러면 안 되지. 말로 해야지."

석호의 말에 유진은 요염한 미소를 흘렸다.

"말이 안 통하면 어떻게 하죠?"

"그런 아이는 매가 약이야."

"유상규한테 준비하라고 해둘게요."

"A급 헌터 중에서도 은신 능력이 있는 친구였나? 그 정도면 충분하겠어."

석호는 싸늘한 미소를 머금은 채 고개를 끄덕였다.

석호와 유진이 위험한 계획을 짜고 있을 때, 성준은 침상에 누워서 쉬고 있었다. 리슈발트는 성준에게 조금이라도 도움이 되기 위해 두 눈을 감고 기억을 더듬고 있었다.

-주군.

리슈발트가 기척을 느끼고 눈을 떴다. 성준도 침상에서 몸을 일으켰다.

"택배 올 건 없는데……."

그의 말이 끝나기 무섭게 누군가 초인종을 눌렀다. 초인종을 눌렀다는 건 이 집에 볼일이 있다는 것을 의미하기 때문에 성준은 문 앞으로 다가가 입을 열었다.

"누구세요?"

"강성준 씨? 대악마 길드의 영입과장 강병진입니다. 잠시 시간을 내줄 수 있으신가요?"

"시간 없습니다. 가세요."

그렇게 대답하고 몸을 돌린 순간이었다.

"시간을 내주시는 게 신상에 좋을 겁니다."

명백한 협박조의 말투가 성준을 멈춰 세웠다. 곁에서 얌전히 듣고 있던 리슈발트의 표정이 악귀가 되었다.

-주군에게 감히!

당장에라도 검을 뽑고 싶은 심정이었지만 유감스럽게도 '지금' 리슈발트는 물리력을 행사할 수 없는 상태였다.

성준은 손을 들어 리슈발트를 진정시킨 뒤 문을 열었다. 그러자 정장을 갖춰 입은 남자가 서 있었다.

그는 성준을 보더니 입꼬리를 끌어 올렸다.

"거봐요, 어차피 열건데 피곤하게 시간은 왜 끌어요?"

병진이 말했다. 그는 기분 나쁜 분위기를 풍겼고 예전에 만났던 길드의 관계자들과는 달리 강한 태도를 보였다.

"주소는 어떻게 알았습니까?"

"제 소속을 말씀드렸을 텐데요?"

"그건 대답이 아닌 것 같은데요."

성준이 두 눈을 가늘게 뜨고 물었다. 주소를 몰래 알아내고도 대답을 회피하는 모습이 괘씸하고 불쾌했다.

"일단 좀 걸을까요?"

집으로 들이기는 싫었고 그들의 의도를 알아보기 위한 대화는 필요했다. 성준은 대화 장소로 근처 공원을 선택했다.

"용건이 뭡니까?"

공원에 들어서기 무섭게 성준이 물었다. 병진의 태도가 기분 나빴던 탓에 목소리는 날카로웠다.

"강성준 씨가 더 잘 알고 있을 텐데요?"

"모르니까, 설명해요."

성준은 불쾌함을 견디지 못하고 대답과 함께 미약한 살기를 흘렸다.

"허억!"

얼음 바람 같은 살기에 노출된 병진은 일순간 심장이 멎는 것만 같은 느낌에 몸을 떨었다. 미약한 양의 살기였지만 헌터가 아닌 그가 견디기엔 가혹했다.

'사람을 여럿 죽여본 놈이다…….'

대악마 길드의 영입과장인 그는 무수히 많은 헌터를 만나 봤다. 하지만 모두가 살기를 다루지는 않았다. 살기를 다룰 줄 아는 헌터들은, 사람을 죽여본 경험이 있는 경우가 대부분이었다.

죽을 수도 있다는 섬뜩한 생각이 잠깐이나마 들었지만 그는 곧 주변에 보는 눈이 많다는 사실을 인지하고는 호흡을 가다듬었다.

"간단하게 말씀드리죠. 저희와 함께해 주셨으면 합니다."

"길드 가입 권유예요?"

"그렇습니다. 저희는 상위권 길드라서 다른 길드보다 더 많은 혜택을 제공해 드릴 수 있습니다."

병진의 설명에도 불구하고 성준은 관심이 없었다. 헌터닷컴에서도 길드에 가입하면 혜택이 많다는 것을 설명한 게시글이 많았지만 성준은 길드에서 정산금의 일부를 떼어 간다는 게 마음에 들지 않았다.

"싫습니다."

성준은 단호하게 대답했다. 병진은 눈살을 찌푸리며 입을 열었다.

"다시 한번 생각해 보시는 게 좋을 겁니다. 저희 길드에 대해선 이미 잘 아실 거라고 생각합니다."

병진이 경고했다. 성준도 그들에 대한 소문은 헌터닷컴의 게시글들을 봐서 잘 알고 있었다.

협박, 고문, PK, 납치……

상위권 길드들이 주로 저지르는 범죄였다. 무능한 국가는 강력한 헌터를 다수 보유한 상위권 길드들의 눈치만 보는 상황이었다. 철저히 증거를 은폐하기 때문에 쉽게 잡을 수 없는 것도 이유 중 하나였다.

그리고 대악마는 상위권 중에서도 범죄 행위에 대한 심증이 많은 길드였다.

"이제 대답을 들려주시겠습니까?"

생각할 시간을 충분히 줬다고 판단한 것인지 병진이 다시 물었다. 그를 보며 성준은 차분한 표정으로 입을 열었다.

"꺼져."

짧지만 의사는 분명히 전달되었다. 병진의 표정이 굳었다.

"말로 해서는 안 될 분이군요."

"말로 안 하면 어쩔 건데? 죽이려고?"

"우리는 인재에게 그런 과격한 수단을 쓰지 않습니다."

병진은 스마트폰을 꺼내 시간을 확인했다.

"조만간에 길드에서 사람을 보낼 겁니다."

설명하지 않아도 뻔한 전개였다. 협박할 사람을 보낸다는 거겠지.

성준의 입가에 싸늘한 미소가 번졌다.

"사람을 보내는 건 상관하지 않을 거야. 그런데 미리 말해둘 게, 나한테 칼을 들이밀면 죽여 버릴 거야."

"허억!"

털썩.

성진이 말을 마치며 슬며시 살기를 흘리자 병진이 헛바람을 삼키며 주저앉았다.

고요한 눈동자 너머로 칼날 같은 폭풍이 엿보였다. 그 얼음 같은 시선과 마주한 순간, 다리에 힘이 풀려 서 있을 수가 없었다.

"난 분명 죽여 버린다고 말했어."

성준은 한 번 더 강조한 뒤 병진에게서 멀어졌다.

집으로 돌아가는 길에 리슈발트가 입을 열었다.

-감히 주군을 협박하다니! 참수해야 마땅합니다!

병진의 태도에 많이 화가 난 것 같았다.

"저번에 내가 이 세계에 대해 설명해 줬잖아. 정당방위가 아니면 사람을 쉽게 죽일 수 있는 곳이 아니야."

-너무 화가 나서 해본 말이었습니다. 제가 만약 실체화가 가능했다면 목을 베어버렸을 겁니다.

"고마워. 화가 조금 풀리는 것 같네."

대신 화를 내주는 듯한 리슈발트의 모습에 성준은 미소를 지을 수 있었다.

-집으로 가는 길이 아닌 것 같습니다.

왔던 길이 아닌 것을 깨닫고 리슈발트가 물었다. 성준은 고개를 끄덕였다.

"헌터 관리국으로 갈 거야."

그는 택시를 타고 헌터 관리국으로 갔다. 그리고 김현성 팀장의 사무실로 찾아갔다. 택시를 타고 미리 연락을 했기 때문에 방해는 없었다.

"아, 강성준 씨!"

사무실 문을 열고 들어가자 현성이 그를 반겼다. 성준은 주변을 살폈다. 보는 눈이 많았다.

"조용한 곳으로 갈까요?"

그는 현성과 거리를 좁힌 뒤 작은 목소리로 말했다. 현성은 심각한 이야기가 오갈 것을 짐작하고는 성준을 옥상으로 안내했다.

옥상은 넓었고 담배를 피우러 나온 두 명을 제외하면 아무도 없었다. 두 사람은 구석진 곳으로 이동했다.

"대악마 길드가 제집에 찾아왔어요."

짧지만 많은 것을 의미하는 한마디.

"대악마 길드라면 어렵지 않게 알아냈을 겁니다. 상위권 길드에 정보를 팔아서 줄을 대려고 하는 내부자가 많은 편이거든요."

현성은 솔직하게 말했다. 사실 이제는 많이 알려져서 비밀도 아닌 이야기였다.

"여기서 끝나지 않을 겁니다. 대악마 길드 자체가 질이 안 좋은 곳이기 때문에 실력 있는 헌터를 보내서 협박할 수도 있습니다. 그리고 최악의 경우엔……."

"계속 말해보세요."

현성이 잠시 말을 멈추자 성준이 재촉했다.

"은신 능력이 있는 전투계 헌터를 보내서 해를 가할 수도 있습니다."

"죽인다는 말입니까?"

"어떤 방식으로든요. 확실한 건 헌터들의 의문사에 상위권 길드가 개입했다는 심증이 해마다 늘고 있다는 겁니다. 확실한 증거가 없어서 잡지 못할 뿐이지요."

증거가 확실해야 움직일 수 있는데 은신 헌터들은 증거를 남기지 않았다.

"관리국은 생각보다 무능하네요."

성준의 말에 현성은 쓸쓸한 미소를 머금었다.

"부정할 수 없어요. 증거가 확실해도 상위권 길드라는 이유만으로 움직이지 않은 경우가 많았으니까요."

"소속된 헌터가 많아서 그렇습니까?"

"그렇죠. 던전이 생긴 이후, 대부분의 에너지가 마정석으로 대체되면서 헌터의 수는 권력이 되었습니다."

"가보겠습니다."

성준은 계단을 향해 발걸음을 옮겼다. 암살자를 보낼지도 모른다는 것을 알아냈으니 정보는 충분히 모은 셈이었다.

"필요하다면 경호 인력을 지원해 드리겠습니다."

"아뇨, 필요 없습니다. 은신 헌터가 움직인다면 도움도 안 될 겁니다."

성준은 단호하게 거절했다. 짐이 있으면 싸움이 벌어졌을 때 방해만 될 뿐이다. 그는 현성을 뒤로한 채 망설임 없이 헌터 관리국을 나와 집으로 향했다.

그러던 중, 불현듯 어떤 계획이 떠올랐다.

'여기는 던전 안이 아니잖아?'

성준은 곧 대악마 길드에서 헌터를 보낼 것이라는 사실을 알고 있었고, 이곳은 던전 밖이라서 영상 기기를 사용할 수 있었다. 그는 근처에서 단추 모양의 초소형 카메라를 사서 옷에 달았다.

-상점 주인이 주군을 보는 모습이 예사롭지 않았습니다.

"신경 쓰지 마."

집에 돌아왔다. 그날 밤, 불청객은 찾아오지 않았다.

다음 날도 찾아오지 않았지만 성준은 며칠 동안 던전 솔플을 쉬기로 했다. 어차피 쉴 생각이기도 했지만 던전에서 뒤를 공격당하면 곤란하기 때문이었다.

그리고 4일째 되는 날의 밤이었다. 뒷산에서 간단한 수련을 끝내고 하산하는 길이었다. 리슈발트가 조심스럽게 옆으로 다가와 입을 열었다.

-주군, 불청객이 있습니다.

성준은 대답 대신 고개를 끄덕였다. 리슈발트가 말하기 몇 분 전부터 수상한 기척이 느껴지고 있었다. 그는 하산을 중단하고 산의 깊은 곳으로 상대를 유인했다.

"나와라."

"약한 건 아닌 것 같은데 자신감이 조금 과하네."

어둠 속에서 단검을 든 헌터가 모습을 드러냈다. 그는 대악마 길드에서 보낸 유상규라는 이름의 A급 헌터였다.

그는 기세를 압도하기 위해 살기를 흘렸지만 성준은 침착한 표정을 유지했다.

"오…… 강병진 과장의 말이 사실이었네……."

그는 단검을 하나 더 꺼냈다. 도발하는 듯한 모습에 리슈발트의 표정이 굳었다. 다만 그는 성준의 주의를 어지럽히지 않기 위해 침묵을 지켰다.

"다시 협상할까? 우리 길드에 들어올 생각 있어?"

성준은 말없이 허리에 걸려 있는 검의 자루를 손으로 잡았다. 상규는 눈살을 찌푸렸다.

"유감이네."

"나대지 마라."

"소형 카메라 산 거 알고 있어. 그런데 그거 알아? 내가 가져가면 증거는 없어져."

상규는 기분 나쁜 웃음을 흘렸다.

"여기서 죽으면 아무도 몰라."

상규의 몸이 어둠 속에 녹아들었다. 은신을 사용해 은밀하게 이동하려는 의도로 보였지만 살기를 완전히 숨기지 못했다. 절제하고 있었지만 분명히 느껴졌다.

성준은 뒤를 향해 빠르게 몸을 돌렸다. 어둠 속에서 반짝이는 칼날이 보였다. 성준은 뒤로 한 걸음 물러나는 것으로 공격을 피했다.

"피했어?"

놀란 목소리.

"나도 할 말이 있는데……."

성준은 차분한 목소리로 말했다. 싸늘한 시선이 상규에게 꽂혔다.

"지금부터 정당방위다."

성준이 검을 들어 올린 순간 푸른색의 오러가 반짝였다.

"제기랄! 오러 사용자였나? 그런 보고는 없었는데!"

예상치 못한 오러의 등장에 상규는 욕설을 내뱉으며 한 걸음 뒤로 물러났다. 오러는 은신만큼이나 희귀하고 상대하기 까다로운 능력이었다.

오러는 강철조차 베어버린다. 방심하는 순간 목이 날아갈 것이다.

"길드장님이 욕심내는 이유가 있었어……. 죽지 않을 정도만 찔러줄게."

어둠 속에서 상규의 몸이 총탄처럼 쏘아졌다. 두 개의 날카로운 단검이 목과 왼쪽 허벅지를 노렸다.

'빠르다!'

상규는 대인전 경험이 많았다. 그는 사람의 숨통을 끊어놓을 수 있는 급소를 노리는 것에 망설임이 없었다.

'포기할 건 포기한다!'

목과 다리를 동시에 방어하는 건 무리였다. 성준은 과감하게 다리를 포기했다.

"큭!"

목을 노리는 찌르기는 막아냈지만 왼쪽 허벅지에 단검이 꽂혔다. 허벅지에 단검을 꽂아 넣는 찰나의 순간에 손목을 낚아채려 시도했지만 이미 상규는 단검들을 포기하고 거리를 벌린 뒤였다.

"단검은 아주 많이 있어."

그는 또 다른 단검을 두 개 뽑아 들었다. 성준은 왼쪽 허벅지에 꽂힌 단검을 뽑아냈다. 고통에는 익숙했다.

'독을 사용하진 않았네.'

죽인다고 말은 했지만 실제 죽일 생각은 없는 것인지 단검의 칼날에 독을 사용한 흔적은 없었다. 만약 독을 사용했다면 귀찮아졌을 것이다.

"한 가지만 묻자."

"오? 이제 대화할 생각이 들었어?"

"너 A급 헌터냐?"

성준이 물었다.

"그래. 이제 칼 좀 쓴다고는 하지만 B급 회복계인 네가 이길 수 없다는 걸 알겠지?"

"하하하!"

"뭐가 그렇게 재밌어? 실성했냐?"

성준이 갑작스럽게 웃음을 터뜨리자 상규는 두 눈을 가늘게 뜨고 그를 노려보며 말했다.

"아니, A급 헌터가 이 정도로 약할 줄은 몰랐거든."

"뭐?"

상규의 눈동자가 싸늘하게 식었다. 가벼운 도발이었지만 그의 자존심을 건드리는 것에 성공했다. 상규는 자존심이 긁혀서 화가 났지만 그동안의 대인전 경험이 장식은 아닌지 곧바로 공격하지 않았다.

"살려서 길드에 데려가려고 했는데, 그냥 죽여야겠다."

"A급 헌터는 다 그렇게 혀가 기나? 닥치고 덤벼."

"개새끼가!"

결국 욕설이 튀어나왔다. 그는 길드의 명령과는 관계없이 성준을 죽이기로 마음먹었다. 처음에 죽일 생각이 없었기 때문에 독병을 가지고 오지 않은 게 아쉬웠다.

'싸우다가 죽었다고 보고하면 돼.'

그는 성준을 향해 두 개의 단검을 던졌다. 시야를 분산시키기 위한 단검 투척이었다. 성준은 검을 들어 막아내는 대신 회피를 선택했다. 그리고 동시에 상처 입은 왼쪽 허벅지를 향해 왼손을 가져갔다.

"힐!"

상처가 회복되기 시작했다.

그 모습을 본 상규는 이를 악물었다.

'상처를 회복한다고? 그렇다면 치유를 사용할 시간을 주지 않으면 돼!'

상규는 자신감이 넘쳤다. 그는 수십이 넘는 헌터의 목숨을 앗아 간 대인전의 달인이었다. 성준도 조금 까다로울 뿐, 자신의 단검 앞에서 쓰러질 것이라 생각했다. 그는 다시 한번 성준과의 거리를 좁혔다.

그의 움직임은 성준의 눈으로도 좇기 힘들 정도로 빨랐다. 상규는 오러가 절삭력이 뛰어나지만 지속 시간이 길지 않다는 것을 알고 있었다.

"크윽!"

성준의 몸에 상처가 늘어났다. 상규는 그가 '힐'을 사용할 시간을 주지 않았다. 치고 빠지기를 반복하면서 철저하게 견제했다. 자신감이 넘치는 이유가 있었다. 그는 대인전의 달인이었다.

"제기랄……."

성준은 작게 욕설을 내뱉었다. 그는 전생에 수십 년간 전장을 누비면서 극한의 실전검을 깨달았지만, 동조율이 낮은 지금으로선 실전검의 모든 기술을 구사할 수 없었다.

'한계를 넘는 수밖에 없나…….'

하지만 이내 고개를 저었다. 대악마 길드에서 보낸 헌터가 한 명일 거란 확신이 없었다. 한계를 초월하고 움직임이 제한될 경우, 두 명째가 있다면 감당할 수 없을 것이다.

'이대로 이겨야 해.'

성준의 두 눈이 반짝였다.

'우선은 오러를 끈다.'

오러를 계속 유지한다면 마력의 소모만 누적된다. 상대가 오러 사용자가 아니었으니 계속 유지할 필요가 없다.

"포기한 거야?"

"그렇게 보여?"

짧은 대화가 오가는 동안에도 검격을 주고받는 것을 쉬지 않았다. 시간이 지나자 상규의 전신에도 상처가 늘어갔다.

하지만 그는 뒤로 물러나지 않고 성준을 향해 무리한 공세를 이어갔다. 혹여나 뒤로 물러난다면 성준이 '힐'을 사용할 게 뻔하기 때문이었다.

'이대로는 내가 불리하다.'

상규는 다급해졌다. 얼핏 보면 성준의 상처가 더 많았지만 대부분 얕은 부상이었다. 그러나 상규가 입은 부상은 수는 적었지만 중상에 가까운 것만 해도 둘이었다.

많은 대인전으로 실전검을 깨달았다고는 하지만 성준의 검술과는 깊이가 달랐다. 만약 성준의 동조율이 2%만 더 높았더라도 검격을 10번 주고받기 전에 목이 떨어져 나갔을 것이다.

'대책을 세워야······.'

"딴생각하지 마라."

마음이 다급해진 찰나의 순간, 그는 공격을 감행하면서 측면의 경계가 약해졌고, 성준은 허리에서 단검을 뽑아 상규의 발등을 향해 던졌다.

"악!"

왼쪽 발등에 단검이 꽂혔다. 아찔한 고통에 상규의 자세가 무너졌다. 하지만 단검을 들어 올려 급소를 방어하는 것을 잊지 않았다.

하지만 유감스럽게도 성준은 급소를 노릴 생각이 없었다. 그는 오러를 다시 일으켰다.

1초.

오러가 다시 검에 깃드는 데 걸린 시간이었다. 검격이 오가는 상황에서는 무리수인 공격이었지만 상규는 고통 탓에 곧바로 맞받아치지 못하는 상황이었다.

"크악!"

오러를 머금은 칼날이 상규의 오른 다리를 잘라냈다. 그는 중심을 잃고 쓰러졌지만 끝까지 단검을 놓치지 않았다. 그는 쓰러지면서도 단검 하나를 던지며 저항을 멈추지 않았다.

성준은 옆으로 걸음을 옮기는 것으로 단검을 회피했다. 그리고 단검을 들고 있는 상규의 오른팔에 검을 꽂았다.

"크악!"

"걱정하지 마라, 지금 당장 죽일 생각은 없으니까."

성준이 검을 뽑아내자 붉은 피가 흘러나와 작은 웅덩이를 만들었다.

"힐."

전신에 생긴 상처에서 출혈이 멈췄다. 하지만 성준은 그 이상의 치유를 하지 않았다. 출혈만 멎게 해도 목숨이 유지되는 데 큰 도움이 된다. 상규는 A급 헌터였고 자칫 잘못하면 성준조차 당할 뻔했던 대인전의 실력자였다. 상처까지 치유하면 반격의 여지를 남겨두게 된다.

"힐."

자신의 상처까지 마저 치유한 성준은 본격적인 심문을 위해 오러를 거두고 검을 들어 올렸다.

-고문입니까? 현명한 선택입니다.

이윽고 리슈발트의 시선이 상규에게 향했다.

-감히 주군에게 검을 들이대다니! 정의의 철퇴를 받거라!

리슈발트는 성준보다 더 들뜬 모습을 보였다. 심지어 아무 소용없는 검을 뽑아 들어 상규를 찌르는 시늉까지 했다. 만약 그가 물리력을 행사할 수 있었다면 기쁜 마음으로 상규를 고문했을 것이다.

"대악마 길드에서 너 말고도 이런 일 하는 애들 있지? 몇 명이야?"

"내가 그걸 쉽게…… 끄아아아아악!"

끝까지 들을 필요도 없었다. 원하는 대답이 나오지 않자 성준은 망설임 없이 상규의 팔에 검을 꽂았다.

상규는 비명을 내질렀다. 검을 뽑자 피가 솟구쳤다.

"힐."

치유를 사용해 상규의 출혈을 멎게 했다. 싸늘한 미소를 머금은 성준의 모습에 상규는 식은땀을 흘렸다.

이 지옥은 쉽게 끝날 것 같지 않았다.

"솔직하게 말하면 빨리 죽여줄 수도 있어."

채찍을 먼저 꺼냈으니 이제 당근을 내세울 때였다. 상규는 대인전 경험이 풍부했지만 언제나 승리만 해왔기 때문에 이렇게 패배하고 고문을 당할 것이라고는 생각조차 못 했을 것이다.

"살려준다면……."

"착각하지 마. 너한테 그런 선택지는 없어."

성준은 공포 분위기 조성을 위해 검을 고쳐 잡았다. 상규는 그나마 멀쩡한 왼팔을 다급히 들어 올리며 입을 열었다.

"마, 말할게! 일단 칼부터 치워줘!"

상규가 애원했다. 성준은 우선 검을 옆으로 치우자 그는 차분한 표정으로 입을 열었다.

"집행부에 대해 알고 싶은 거냐?"

"너 같은 애들이 모인 곳이 집행부야?"

"……그래."

상규가 고개를 끄덕였다.

"집행부의 인원은?"

"24명이다."

"그중에서 A급 헌터의 수는?"

"나를 포함해서 4명이다."

"4명이라……."

상규의 대답에 성준은 생각을 정리했다. A급 이상의 헌터들은 평범한 이들과는 다르다. 상규처럼 은신을 사용하는 자들도 있었고 오러 사용자도 많았다. B급 헌터까지가 각성자로 불린다면 A급부터는 초월자로 불렸다.

'그나마 다행이네.'

이 자리에서 상규를 죽이면 대악마 길드 집행부의 A급 헌터는 3명으로 줄어든다.

"나머지의 등급은?"

"A급을 제외하면 모두 B급이다. 그 이하는 없어."

성준은 그 외에도 대악마 길드나 집행부와 관련된 여러 가지를 물어봤지만 상규가 알고 있는 정보는 한정적이었다.

정보를 모두 얻어낸 성준은 상규의 목을 베고 마력을 흡수했다.

-대악마 길드라는 놈들에게 경고가 필요할 것 같습니다.

"나도 그렇게 생각해."

성준은 상규의 시체를 내려다보며 차갑게 말했다.

꿐

상규가 살해당한 다음 날 아침, 대악마 길드에 이름이 적히지 않은 택배가 하나 도착했다.

"택배야?"

마침 길드 하우스로 출근한 집행부 소속의 A급 헌터 김규석은 사무원이 들고 있는 작은 상자에 흥미를 보였다.

"네, 그런데 보내는 사람도 없고, 받는 사람 이름도 안 적혀 있어요."

"내가 열어볼게. 폭탄일 수도 있으니까."

규석은 재미없는 농담과 함께 손을 내밀었다. 사무원이 건넨 박스를 받아든 그는 커터 칼로 테이프를 절단하고 상자를 열었다.

"이건……."

안에는 폭탄보다 더한 파급력을 가진 물건이 들어 있었다.

'유상규 씨의 단검이잖아?'

얼마 전 집행부의 명령으로 상규가 '출장'을 나갔다는 사실이 기억났다. 상자에 들어 있는 단검은 상규가 평소 사용하던 것과 같았다. 거기에 피까지 묻어 있었다.

그는 서둘러 고개를 들고 주위를 살폈다. 내용물을 본 사람은 없었다. 그는 사무원을 보며 입을 열었다.

"이건 집행부에서 가져갈게."

그러고는 집행부장 한유진에게 가져가 보고했다.

"고마워요."

유진은 규석을 내보내고는 길드장 집무실로 급히 걸음을 옮겼다.

"무슨 일이야?"

"유상규가 당했어요."

집행부의 주력 중 하나를 잃었다는 사실을 보고하는 그녀의 목소리가 무거웠다.

"죽었어?"

"오늘 아침에 택배로 이게 왔어요."

그녀는 상규가 썼던 단검을 책상 위에 올려놓았다.

"죽었겠군."

"그런 것 같아요."

"집행부는 준비가 되어 있어요. 지시만 내리신다면 당장 강성준의 목을 칠 수 있어요."

유진이 말했다. 피 묻은 단검을 내려다보는 석호의 표정은 굳어 있었다.

"집행부장."

마침내 그가 고개를 들고 무겁게 닫혀 있던 입을 열었다.

"지금부터 강성준과 관련된 집행부의 모든 행동을 불허한다."

"아니, 왜……."

"내가 잘못 봤어. 우리가 감당할 수 있는 적이 아니야."

석호의 눈동자에 깃든 감정은 힘겹게 쌓아 올린 모든 것을 잃을지도 모른다는 '두려움'이었다. 그 모습을 보며 유진은 처음으로 석호에게 실망했다.

"네……."

하지만 그녀는 고개를 끄덕일 수밖에 없었다. 길드장 집무실을 나와 집행부 사무실로 걸음을 옮기는 그녀의 뒤로 규석이 따라붙었다.

"어떻게 하실 겁니까?"

규석의 질문에 유진은 입꼬리를 끌어 올렸다.

"복수해야 하지 않겠어요?"

11장
포식자(1)

-동조율이 9%가 되었습니다.

리슈발트가 보고했다.

"동조율이 많이 올랐네?"

한 번에 1% 이상의 동조율이 오른 건 각성 던전 클리어 보상을 제외하면 처음이었다.

-주군이 상대했던 암살자는 실력자였습니다.

"그래, 그런 것 같았어."

상규는 대인전 경험이 풍부한 상대였다. 그래서 성준도 고전했지만 결국엔 이겼고 고생한 만큼 강해졌다.

그는 메모리 카드를 들어 올렸다. 단추형 카메라에 들어있었던 작은 메모리 카드였다. 성준은 오늘 헌터 관리국에 방문해서 복사한 파일을 넘길 생각이었다.

-암살자의 모습이 담긴 것입니까?

리슈발트의 물음에 성준은 대답 대신 고개를 끄덕였다.

-제가 있던 차원의 마법 같은 것이군요. 이걸로 헌터 관리국이라는 기관에서 움직이겠군요.

"아니, 걔들은 무능해서 쉽게 움직이지는 않을 거야. 대악마 길드는 30위에 랭크된 상위권 길드라서 덩치도 크고 정치인들과도 연관이 있어서 건들기 쉽지 않거든."

-그렇다면 의미가 없지 않겠습니까?

"지금 당장은 무리일 거야. 하지만 대악마 길드가 힘을 잃게 된다면, 헌터 관리국에서 이 증거를 가지고 최후의 일격을 가할 수 있어."

헌터 관리국은 무능하지만 바보는 아니었다. 증거가 있다면 기회가 찾아왔을 때 대악마 길드에 최후의 일격을 가할 것이다.

성준은 택시를 타고 헌터 관리국으로 향했다. 이미 전화로 자초지종을 들은 현성이 건물 입구에서 기다리고 있었다.

"강성준 씨!"

성준이 택시에서 내리자 기다리고 있던 현성이 달려왔다.

"안으로 들어가시죠."

두 사람은 조사팀 사무실로 이동했다. 현성은 성준이 준 파일을 재생했다. 모니터에 상규의 모습이 나왔다.

치열한 전투 장면까지 생생하게 담겨 있었다.

"이 정도면 증거로 충분합니다."

"당장 움직일 수는 없겠죠?"

"죄송합니다. 조금 더 많은 증거가 필요합니다."

현성은 고개 숙여 사과했다. 성준은 아쉬웠지만 크게 내색하지 않았다. 약했던 시절이 있었던 그는 약자의 입장을 잘 알고 있었다.

"아마 대악마 길드에서는 저를 계속 노릴 겁니다. 대개 이런 놈들은 자존심이 강한 편이죠."

"경호 인력을……."

"됐고! 신상 좀 알려줄 수 있어요? 제가 증거를 더 모으려면 필요할 것 같은데……."

"불법이지만 대악마 길드와 관련된 일이라면 '특별히' 제공할 수 있습니다."

현성은 주위를 살핀 뒤 작은 목소리로 대답했다. 헌터 관리국은 헌터들의 신상 정보를 가지고 있었다.

"여기 있는 헌터들의 신상 정보를 주세요."

성준이 품속에서 꺼낸 종이에는 상규를 고문해서 얻은 대악마 길드 집행부 소속 헌터들의 이름이 적혀 있었다. 상규에게서 얻을 수 있었던 것 중에 그나마 고급 정보였다.

"지금 조회해 보겠습니다."

"천천히 하세요."

현성은 명단의 이름들을 검색했다.

"모두 대악마 길드 소속이네요?"

"집행부 명단일 거예요."

"활동 기록을 보니까 가능성이 높은 것 같습니다."

명단에 적힌 헌터들의 활동 기록까지 추가로 열람한 현성은 그들이 대악마 길드의 집행부 소속이 맞다고 결론을 내렸다.

헌터 관리국에서 수집한 약한 증거와 심증이 그들이 집행부 소속일지도 모른다는 가설을 확정 지었다.

"그래도 증거는 가지고 있었나 봅니다? 결론 내리는 게 빠르네요."

"저희도 대악마 길드를 주시하고 있었거든요. 물론 확실한 증거는 잡지 못했었지만……."

현성은 씁쓸한 웃음을 지우지 못했다. 목격자는 전부 죽이거나 잔인한 방법으로 입막음하니까 증거를 확보하는 게 쉽지 않았다. 경호 인력을 붙이고 카메라를 몰래 붙여 보내기도 했지만 모두 죽고 카메라를 뺏기는 일이 흔했다.

"신상 정보를 주면 집행부는 제가 다 죽일 수 있습니다. 집행부가 전멸하면 당분간 조용해지겠죠."

"A급 헌터가 3명이나 남아 있는데요……?"

A급과 B급은 차원이 달랐다. 더군다나 대악마 길드의 집행부는 대인전 경험이 풍부한 정예였다.

전투에 대해 잘 모르는 현성은 영상을 보았음에도 불구하고 성준이 운이 좋아서 이겼다고 생각했다.

"대악마 길드에서 저를 노리고 있을 겁니다. 오히려 제가 먼저 공격해서 차근차근 수를 줄이는 게 승산이 있습니다."

그리고 헌터들은 마력을 많이 가지고 있어서 흡수하면 동조율이 빠르게 상승하는 것 같았다. B급 헌터들을 먼저 사냥한다면 동조율이 올라가서 A급 헌터들을 쉽게 상대할 수 있게 될 것이다.

"헌터 관리국에서 은신 아이템 가지고 있죠?"

"보유하고 있습니다만 수도 적고 아주 비쌉니다. 은신은 특수 옵션에 들어가서 최소 100억이 넘어요."

"그거 하나 빌려줘요."

"예?"

무턱대고 100억이 넘는 금액의 아이템을 빌려달라고 하는 성준의 모습에 현성은 깜짝 놀랐다.

"편의를 봐준다고 하지 않으셨습니까? 그리고 공짜로 빌려달라는 게 아니에요. 10억을 드리겠습니다."

10억은 성준이 빌릴 수 있는 최대 금액이었다. 아버지의 치료비 때문에 5억 원 정도는 남겨둬야 했다.

"10억 원……."

성준의 말에 현성의 눈동자가 흔들렸다. 10억 원을 받는다면 현성이 유료 대여라는 명목으로 힘을 쓸 수 있었다. 현성은 조사팀장 중에서도 PK 사태를 총 지휘했을 정도로 상부의 신임을 받고 있었다. 불가능한 일은 아니었다.

"힘을 좀 써보겠습니다. 하지만 너무 기대하진 마세요."

현성의 대답을 들은 성준은 리슈발트와 함께 집으로 돌아왔다. 다행히 대악마 길드도 당장 암살자를 보내진 않은 듯, 미행은 없었다.

⚜

며칠 뒤, 현성이 성준을 찾아왔다.

"옆에 공원이 있습니다. 가시죠."

성준은 그를 공원으로 안내했다. 두 사람은 공원 구석 벤치에 앉았다.

"혹시 미행이 있습니까?"

그는 불안한 듯 떨리는 눈동자로 주변을 살폈다. 대악마 길드의 미행이 있다면 '물건'을 건네주는 게 위험할 수도 있었다.

"미행은 없습니다. 확실합니다."

"다행이군요."

성준의 확답을 들은 현성은 안도했다. 그는 일찍 죽고 싶지 않았다. 오늘 이곳에 오는 것도 결단을 내릴 때까지 많은 시간이 걸렸었다.

"이겁니다."

현성은 품속에서 작은 보관함을 꺼냈다. 지문 인식기가 달려 있었다. 그가 엄지손가락을 가져가자 짧은 기계음과 함께 보관함이 열렸다.

안에는 반지가 하나 들어 있었다.

"어제 입금하신 거 확인했습니다."

"은신 아이템입니까?"

성준의 물음에 현성은 고개를 끄덕였다.

"허가받는 거 엄청 힘들었습니다. 절대로! 분실하면 안 됩니다!"

"계약서 같은 거 안 적어도 되나요?"

"오히려 그런 절차는 간소화되어 있더군요. 10억 입금한 게 확인되었으니 그냥 빌려 가시면 됩니다."

성준은 보관함 안에 들어 있는 반지를 집었다.

-굉장한 마력이 느껴집니다. 저희 차원에서도 이런 마도구는 흔치 않았던 걸로 기억합니다.

반지에서 느껴지는 마력에 리슈발트는 감탄했다. 그의 반응으로 볼 때 현성이 무리해서 좋은 아이템을 챙겨 왔다는 것을 짐작할 수 있었다.

성준은 아이템 정보를 확인하기 위해 계측기를 들어 올렸다.

삐빅.

[칠흑의 장막]

A급.

은신 효과 확인.

기계음과 함께 계측기 화면에 아이템의 간략한 정보가 나타났다. A급 아이템을 만져보는 건 처음이었다.

성준이 반지를 끼자 현성이 입을 열었다.

"'은신'이라는 시동어가 아이템을 작동시킵니다. '해제'라고 말하거나 동작을 크게 하거나 목소리가 커도 은신이 풀립니다. 목소리는 작아도 상관없습니다."

"효능은 어느 정도입니까?"

"아무래도 헌터의 고유 능력보다는 안 좋습니다."

"A급 헌터와 비교하면?"

"유상규 말입니까?"

현성의 물음에 성준은 고개를 끄덕였다. 지금 당장 비교할 만한 대상은 유상규밖에 없었다.

"저는 유상규를 잘 모르지만, 아이템의 성능은 A급 헌터의 은신 능력보다 약한 수준입니다."

성준은 기억을 더듬어 상규와 만났을 때를 떠올렸다. 성준의 기척 감지 능력은 B급 헌터와는 비교도 할 수 없을 정도로 뛰어났다.

A급 헌터들의 능력을 잘 모르기 때문에 비교하긴 힘들었지

만 결코 부족하지는 않을 것이란 자신감이 있었다.

"B급 헌터들은 감지하기 힘들겠네요?"

"물론입니다. 괜히 A급 아이템이 아니죠."

"유용하게 쓰겠습니다."

성준은 현성과 헤어진 뒤 집으로 돌아왔다. 그의 책상에는 현성에게 받은 대악마 길드 집행부의 신상 정보가 기록된 종이가 가득했다.

-대악마 길드의 구성원이 많은 것 같은데…… 괜찮으시겠습니까?

"구성원은 많지만 실질적으로 암투에 동원할 수 있는 인원은 집행부를 포함한 소수가 전부야. 걔네만 죽이면 돼."

홀로 대악마 길드의 악명 높은 집행부를 상대하는 것은 쉬운 일은 아니었지만 성준은 자신감이 넘쳤다. 집행부 전원을 한 번에 상대하면 힘들겠지만 먼저 공격해서 수를 줄이겠다는 계획이 성공한다면 승산이 있었다.

"다 죽여 버릴 거야."

감히 자신에게 칼날을 내민 대악마 길드를 용서할 수 없었다. 관련자를 모두 쓸어 버리고 싶은 마음이었다.

-참수하셔서 본보기를 보이셔야 합니다.

리슈발트는 적극 찬성이었다. 주군의 위협한 이들에 대한 분노가 극에 달했다. 유령 상태만 아니었다면 단신으로 대악마 길드를 공격했을지도 몰랐다.

"우선은 이놈을 먼저 죽여볼까……."

성준은 가장 가까운 곳에서 활동하는 집행부 헌터의 신상 정보 기록지를 꺼냈다. 성준은 그것을 품속에 잘 넣은 뒤 집을 나섰다.

-드디어 사냥이 시작되는군요.

"포식이라는 게 더 어울리지 않을까? 지금의 나는 '포식자'니까."

-이곳에서 '중2병'이라고 부르는 증상이 다소 느껴집니다.

"너는 너무 많은 것을 배웠어."

성준은 고개를 저으며 발걸음을 옮겼다. 이윽고 기록지에 적혀 있는 거주지에 도착한 그는 어둠 속에 몸을 숨겼다.

-들어가서 죽이는 게 좋지 않겠습니까?

"김현성 팀장은 증거가 많을수록 유리하다고 했어. 그리고 보통 은밀한 일은 밤에 이루어지지."

성준은 굳이 길게 말하지 않았지만 충분한 설명이 되었다. 리슈발트는 고개를 끄덕였다.

"2시간 정도는 기다려 보자. 안 나오면 들어가서 죽여 버리면 돼."

그리고 1시간 30분 뒤, 자정이 가까운 시간이 되자 검은 옷을 갖춰 입은 헌터 한 명이 현관을 나섰다.

"은신."

성준은 은신 능력을 사용하고 그를 미행했다.

'은신 능력은 없네.'

기록지는 정확했다. 미행하고 있는 대상은 은신 능력이 없었고 감시 카메라의 시야를 피해 은밀하고 빠르게 움직이고 있었다. 이윽고 외곽에 위치한 주택가에 다다르자 걷는 속도를 줄였다.

외곽으로 진입하면서 감시 카메라의 수가 적어지자 그의 행동도 자유로워졌다. 그는 주변을 한 차례 살피더니 바로 앞의 담을 넘었다.

"가자."

성준도 리슈발트와 함께 담을 넘었다. 집행부의 헌터는 능숙하게 주변을 살피더니 문을 따고 들어갔다.

"꺄아아악!"

그리고 안에서 날카로운 비명이 터져 나왔다. 성준은 망설임 없이 안으로 뛰어 들어갔다. 그리고 참혹한 광경을 볼 수 있었다. 헌터로 보이는 젊은 여성이 피로 샤워를 한 듯 전신이 붉게 물들어 있었고, 검은 옷을 입은 집행부 헌터가 그녀를 향해 무기를 겨누는 중이었다.

"생각보다 예쁘네. 죽이기 전에……. 흐흐흐!"

집행부 헌터의 음침한 웃음에 힘겹게 무기를 들어 올린 여성 헌터의 손이 떨렸다. 그 모습을 본 성준은 개입을 결심하고 은신을 거뒀다. 동시에 검자루를 손으로 꽉 잡으며 입을 열었다.

"뒤다."

성준의 목소리가 차갑게 울렸다. 목소리를 내면서 자동적으로 은신이 해제되었다. 집행부 헌터가 뒤를 향해 몸을 돌리며 검을 휘둘렀다.

날카로운 칼날이 방금 전까지 성준이 있었던 지나쳐 갔다.

"이번에도 뒤야."

성준은 다시 그의 뒤를 장악하면서 자연스럽게 부상을 입은 헌터의 앞을 막아서게 되었다.

'나를 가지고 놀고 있다……!'

집행부 헌터는 이를 악물었다.

"누, 누구……."

그는 당황한 기색을 숨기지 못했다. 방해꾼의 등장은 예상치 못한 전개였다.

"지금은 그게 중요한 게 아니지."

"죽고 싶어?"

그는 애써 강한 척 허세를 부렸지만 스스로도 잘 알고 있다. 성준이 자신보다 강하다는 것을.

두 번이나 뒤를 잡혔다. 인정할 수밖에 없는 사실이었다. 지금 그는 그저 현실을 외면하고 있었다.

"지금이라도 비키면 살려……."

"미안하지만 난 널 살려줄 생각이 없어."

한순간의 섬광이었다. 반짝이는 뭔가가 지나가자 집행부 헌터의 옷이 찢어지고, 복부가 쩌억 입을 벌려 속에 있는 내장을 토해냈다.

"으, 으아아아악!"

유감스럽게도 적은 고통에 익숙하지 않았다.

복부에서 느껴지는 아찔한 고통, 고통으로 정신이 혼미해진 그는 바닥에 쏟아진 장기를 보고 패닉에 빠져 주워 담으려고 했으나 가능할 리가 없었다.

성준은 그를 보며 차갑게 웃었다. 그리고 곧바로 검을 휘둘렀다.

풀썩.

머리를 잃은 몸이 힘없이 쓰러졌다. 성준의 뒤에 있는 여성은 그래도 헌터가 맞는 것인지 선혈이 낭자한 광경을 보고도 침착한 모습을 유지했다.

"흡수."

성준은 마력을 흡수하고 동조율을 확인하기 위해 리슈발트에게 시선을 보냈다.

-주군, 여성분이 치료가 필요할 것 같습니다.

리슈발트의 말에 성준은 뒤늦게 뒤에 부상을 당한 헌터를 떠올렸다. 전투에 집중한 탓에 잊고 있었다.

"괜찮아요?"

"네, 네에……."

성준의 물음에 그녀는 힘겹게 고개를 끄덕이며 대답했다.

흰 블라우스는 피에 젖어 붉게 물들어 있었고 옆구리는 길게 찢어져 있었다.

"치료할 테니까 가만히 있어요."

그녀가 고개를 끄덕이자 성준은 왼손을 들어 올렸다.

"힐."

"아……."

백색의 섬광이 그녀의 상처를 치료했다. 각성 후 성준의 힐량은 동급 회복계 중에서도 높은 편이었다. 출혈이 멎고 상처가 빠른 속도로 회복되기 시작했다.

"이제 움직여도 됩니다."

완치는 되지 않았지만 당장 움직여도 지장이 없는 정도까지 회복되었다. 성준은 스마트폰을 꺼내 현성에게 전화를 걸었다.

-벌써 한 건 하신 겁니까?

현성은 적잖게 놀란 듯했다. 설마 이렇게 빨리 성과가 나올 것이라고는 예상하지 못했다.

"영상으로 제대로 기록했습니다. 부상자가 있으니까 사람을 보내주세요."

-알겠습니다.

전화가 끊어졌다.

성준은 헌터의 상태를 다시 한번 살폈다.

"조금 있다가 사람들이 올 겁니다. 가서 치료받아요."

그렇게 말한 뒤, 성준은 떠나기 위해 등을 돌렸다. 그 순간, 그녀가 성준의 소매를 붙잡았다.

"가지…… 마세요……."

가녀리게 떨리는 목소리를 외면할 수 없었다. 현성이 보낸 사람들이 도착할 때까지 오래 걸리지는 않을 것이다.

오늘 더 이상 '포식'을 이어갈 생각은 없었기 때문에 잠시 자리를 지켜주기로 결심했다. 얼마 지나지 않아서 현성이 보낸 헌터 관리국 소속의 헌터 몇 명이 도착했고 성준은 그녀를 안전한 곳으로 인도했다.

"고마웠어요."

헌터들과 함께 차량에 오르면서 그녀는 마지막으로 성준에게 감사 인사를 전했다.

"강성준 씨?"

한 남자가 성준에게 다가왔다. 허리에 권총을 차고 있는 것으로 보아 헌터는 아니고 헌터 관리국과 계약한 보안업체 직원으로 보였다.

헌터들은 무기에 마력을 싣는 것으로 공격력을 높이는데, 쏟아지는 총탄에 마력을 싣는 것은 힘든 일이라서 총기류를 사용하는 경우가 거의 없었다.

"무슨 일이시죠?"

"팀장님이 뵙고 싶어 하십니다. 괜찮으시다면 사무실로 모시겠습니다."

"이 시간에 사무실에 있어요?"

"방금 야근이 결정되었습니다."

"안내하세요."

성준은 보안업체의 차를 타고 헌터 관리국으로 이동했다. 높은 건물에서 불빛이 새어 나오는 창문이 몇 개 보였다. 성준은 계단을 올라가 현성이 있는 사무실 문을 열었다.

"강성준 씨!"

사무실 문을 열고 들어오는 성준의 모습을 본 현성은 과한 리액션을 취하며 그를 반겼다.

"큰일을 해내셨습니다!"

"네?"

"방금 강성준 씨가 구한 헌터가 누군지 아십니까?"

현성의 물음에 성준은 고개를 저었다. 기억을 더듬어보았지만 처음 보는 헌터였다.

"세라핌 길드에서 VIP급 대우를 해서 데려간 C급 헌터였습니다."

"세라핌에서 VIP급으로 데려가기엔 실력이 부족한 것 같던데, 특수 능력을 가진 헌터입니까?"

기습이라고는 하지만 대악마 길드에서 보낸 B급 헌터의 일격에 치명상을 허용한 걸로 보아 C급이 분명했다. 그런데 28위 길드인 세라핌에서 VIP로 데려갔다고?

그나마 생각해 볼 수 있는 가능성은 은신이나 오러 같은 특수한 능력을 가진 헌터일 경우였다.

"네, 이름은 이지은이고 광화 버프를 가진 C급 보조계 헌터입니다."

'광화 버프'라는 이름을 듣기 무섭게 성준은 세라핌 길드에서 VIP급으로 데려간 이유를 납득할 수 있었다.

길드 간에는 다툼이 심화되면 길드전을 치르는 것이 암묵적인 룰이었다. 서로의 목숨을 빼앗는 길드전은 불법이지만 상위권 길드는 그런 걸 신경 쓰지 않았다.

'그리고 광화 버프는 대인전에 특화된 버프다.'

고통을 잊게 하고 신체 능력을 향상시키는 광화 버프가 주로 사용되는 곳은 아이러니하게도 던전이 아니라 길드전이 펼쳐지는 인간의 전장이었다.

대악마 길드에선 세라핌 길드를 견제하기 위해 암살자를 보낸 것이었다.

"지금 세라핌 길드에서 사람을 보낸다고 합니다."

세라핌 길드의 반응도 이해하지 못할 정도는 아니었다. 상위권 길드들은 대부분 경쟁 관계이기 때문에 이번에 성준이 나서지 않았다면 지은은 의문의 적에게 살해당한 것으로 사건이 종결되었을 것이다.

"언제 도착한대요?"

"곧 올 겁니다."

재촉할 필요도 없었다. 5분이 지나지 않아서 사무실 문이 열리고 점잖은 분위기를 풍기는 남자가 걸어 들어와 고개를 숙였다.

"세라핌에서 나왔습니다. 부족하지만 간부직에 있는 박준혁이라고 합니다."

"반갑습니다, 강성준이라고 합니다."

성준은 준혁과 악수를 나눴다. 현성과는 안면이 있는 것인지 악수를 생략하고 시선을 주고받는 것에서 그쳤다.

세 사람은 원형 탁자를 두고 둥글게 모여 앉았다.

"강성준 씨가 아니었다면 저희는 귀중한 헌터를 잃을 뻔했습니다. 다시 한번 길드를 대표해 감사를 전하겠습니다."

"네."

"길드에서 보상금 10억 원을 준비했습니다. 계좌 번호를 알려주시면 바로 입금해 드리겠습니다."

사양할 이유는 없었다. 성준은 곧바로 그에게 계좌 번호를 알려주었다. 스마트폰에 메모를 끝낸 준혁은 한 차례 헛기침을 한 뒤 입을 열었다.

"실례가 안 된다면 하나만 여쭙겠습니다. 한국중앙병원에 입원해 있는 강수혁 씨가 부친이십니까?"

"맞습니다만…… 어떻게 아신 겁니까?"

성준의 목소리가 차가워졌다. 대악마 길드에서 그랬던 것처

럼 세라핌 길드에서도 불법적인 경로로 개인정보를 얻었을 것
이라 생각한 것이었다.

준혁은 손사래를 쳤다.

"그런 거 아닙니다. 한국중앙병원이 저희 길드에서 운영하
는 병원입니다."

"아…… 그렇군요."

성준은 고개를 끄덕이며 납득했다. 길드가 병원 같은 사업
체를 운영하는 건 흔한 일이었다.

"강수혁 씨의 치료에도 저희가 조금 더 신경을 쓰도록 하겠
습니다."

"꽤 신경을 많이 써주시네요."

성준의 물음에 준혁은 미소를 지었다.

"강성준 씨의 미래에 투자한다고 생각해 주세요."

대화가 끝나고 준혁이 일어났다. 그는 사무실을 나서기 전,
성준을 보며 입을 열었다.

"강성준 씨께서 계속 움직인다면 대악마 길드에서도 눈치챌
수도 있습니다. 그렇게 되면 강수혁 씨가 위험해질 겁니다. 우
선은 저희 쪽에서 소수의 경호원을 붙이겠지만 주의하시는 게
좋을 겁니다."

할 말을 끝낸 준혁은 사무실을 떠났다. 성준은 아차 싶었다.
평소에는 그렇게 아버지를 생각했던 그였지만 이번 일을 진행

하면서 미처 신경 쓰지 못했다.

"팀장님."

생각을 정리한 성준은 조용한 목소리로 현성을 불렀다.

"네?"

"민간 군사 기업 하나 소개해 주세요."

"민간 군사 기업 말입니까?"

현성의 되물음에 성준은 대답 대신 고개를 끄덕였다.

던전의 등장과 함께 세상이 혼란스러워지면서 민간 군사 기업, PMC는 한국에도 진출했다.

"네. 비싸도 상관없습니다. 확실한 곳으로 부탁드립니다."

김규석은 머리가 아파오는 것을 느꼈다.

이지은을 제거하기 위해 보냈던 집행부 소속 헌터가 싸늘한 시체가 된 것으로도 모자라 세라핌 길드에 덜미가 잡혀 버렸다니.

상황이 좋지 않았다.

"미치겠네……."

규석은 작성된 보고서를 보며 눈살을 찌푸렸다. 마음 같아서는 보고를 누락하고 싶었지만 그랬다가는 일이 커질 것이다.

그는 깊은 한숨을 내쉬며 보고서를 정리했다. 그리고 이 모든 사실을 집행부장에게 알리기 위해 그녀의 사무실로 발걸음을 옮겼다.

"규석아, 무슨 일 있어?"

어두운 표정으로 복도를 따라 걷는 규석의 모습을 본 길드원이 걱정스러운 시선을 보내며 물었다.

"아무 일도 아니야."

고민을 털어놓고 싶었지만 규석은 고개를 저을 수밖에 없었다. 집행부의 일은 외부에 알려져서는 안 된다. 중세처럼 길드장을 향한 무조건적인 충성심이 있는 게 아니었다. 많은 돈을 보장받지 않았다면 현대의 길드에 집행부라는 기관은 존재할 수 없었다.

"그래, 수고해라."

걱정스러운 시선을 보냈던 길드원 역시도 집행부라는 기관의 특성을 잘 알고 있었기 때문에 더는 묻지 않았다.

처음 물었던 것도 인사치레였다.

이윽고 그는 집행부장 사무실 앞에서 발걸음을 멈췄다. 짧은 심호흡과 함께 문을 열었다. 그 순간 날카로운 공격이 규석의 목을 노렸다.

'지, 진짜다!'

위협용이 아니라 진짜 목을 노렸다. 규석은 몸을 숙이는 것으로 간신히 단검을 피했다.

"보고할 필요 없어요. 나도 들었으니까."

규석은 마른침을 삼켰다. 아무래도 집행부의 다른 헌터가 먼저 정보를 입수하고 보고한 모양이었다.

"나는 규석 씨를 믿고 일을 맡겼는데, 이런 식으로 나를 엿먹여도 되는 거예요?"

"죄, 죄송합니다!"

이지은 암살은 규석이 맡아서 지휘했다. 모든 책임은 그에게 있었다. 그는 무릎을 꿇고 고개를 숙였다.

"이 일을 망친 게 누구죠? 그 정도는 알아봤죠? 아니라면 지금 그 자리에서 혀를 깨물고 죽는 게 좋을 거예요."

"가, 강성준인 것 같습니다."

다행히 보고서를 받자마자 이런 상황에 대비해 정보를 알아봤었다.

"강성준? '정당방위'를 말하는 거겠죠?"

"네!"

규석이 힘차게 대답했다. 분노의 화살이 성준에게 향했다.

"가족 관계가 어떻게 되죠?"

"이미 알아봤습니다. 부친이 한 명 있는데, 한국중앙병원에 입원 중이라고 합니다."

"그래요? 집행부 2명을 붙여줄게요. 가서 처리하세요."

"처리요?"

"죽여도 좋고 납치해도 좋아요. 어떻게든 하세요."

유진의 말에 규석은 입꼬리를 끌어 올린 채 고개를 끄덕였다. 드디어 설움을 갚아줄 때가 되었다.

"그런데 목격자가 다수 발생할 것 같은……"

"다 죽여요. 영상이랑 보안 시스템은 집행부에서 처리할 거예요."

"알겠습니다."

규석이 먼저 움직였다. 그리고 집행부에서 B급 헌터 둘이 소집령을 받고 한국중앙병원으로 향했다.

To Be Continued